Eric Man

Der Tod hält Hochzeit

Kriminalroman

Eric Manz wurde 1943 in Mödling geboren. Nach seinem Studium an der TU Wien übernahm er bis zu seiner Pensionierung den väterlichen Gewerbebetrieb. Als leidenschaftlicher Leser schloss er sich vor einigen Jahren einer Schreibgruppe an.

Bisherige Veröffentlichungen:
Div. Kurzgeschichten in der Zeitschrift »Yacht-Info«
»Die Sandale Christi«, Roman, ISBN 3-902518-58-8

Felber-Kriminalromane:
»Der Tod trägt weiß«, Kriminalroman, 978-3-902784-40-7
»Der Tod spielt mit«, Kriminalroman, 978-3-902784-57-5
»Der Tod zielt gut«, Kriminalroman, 978-3-903092-18-1

Eric Manz

Der Tod hält Hochzeit

Kriminalroman

federfrei
www.federfrei.at

1. Auflage
Marchtrenk, 2017
www.federfrei.at

Umschlagabbildung:
© Jorge Anastacio - Fotolia.com
Lektorat: S. Bähr
Satz und Layout: Verlag Federfrei
Printed by Skala Print

ISBN 978-3-903092-93-8

Liebe ist, etwas zu geben, nicht etwas zu erhalten.
Berthold Brecht (1898 – 1956)

1. Kapitel

Diesen Donnerstag leuchtete die Sonne warm vom klaren Himmel. Sie spiegelte sich in den Fensterscheiben des kleinen Saales.

Der große, massige Mann in seinem schwarzen Talar setzte sein Barett auf.

»Wenn es recht ist, beginnen wir jetzt.« Er krächzte ein wenig und räusperte sich. Bittend musterte er sein Gegenüber.

Gruppeninspektor Günter Felber sah in seiner Ausgehuniform sehr schneidig aus. Nichts war mehr von dem kleinen Bäuchlein zu erkennen, wie Beamte sie durch andauerndes Sitzen und ungesunde Ernährung gerne bekommen. Er hatte sich am Riemen gerissen, um an diesem bedeutenden Tag keine unglückliche Figur zu machen.

An seiner Seite saß Konstanze Hochstatter, ebenfalls in Uniform, das Gesicht von zartem Rosa überzogen. Nervös wippte sie mit dem linken Fuß.

In einem kleinen seitlichen Abstand von ihr befanden sich noch zwei Stühle, besetzt mit einem weiteren Uniformierten, kleiner als Felber, aber mit sportlicher Figur. Alfred Weiner, sein Freund und Kollege, hatte sich ebenfalls herausgeputzt und entgegen allen Vorschriften sogar einen kleinen Blumenstrauß ans nicht vorhandene Revers, also an die Bluse geheftet. Neben ihm saß eine der wenigen in Zivil gekleideten Personen. Lieselotte Hafner trug ein buntes, mit großen Blüten verziertes, weites Kleid, das sich wohltuend von den blauen Jacken abhob.

Auch unter den Gästen dominierte Blau, vereinzelt unterbrochen von weißen Uniformjacken, die höhere Ränge auswiesen.

Sogar Doktor Engelbert Kudlich hatte sich in Schale geworfen, mit seinem dunkelblauen Anzug, dem weißen Hemd und der roten Krawatte machte er einen seriösen Eindruck. Nur seine Nase leuchtete kräftiger als die Krawatte, was das Aussehen ein wenig schmälerte. Neben ihm breitete sich im wahrsten Sinne des Wortes die Chefin des Spurensicherungstrupps aus. Ihre füllige Figur kaschierte sie mit einem hellroten, weiten, bodenlangen Kleid, was eindeutig erotischer wirkte als eine gespannte, enge Uniform.

Der massige Mann mit seinem Barett räusperte sich noch einmal, um mit seiner wohleinstudierten und wahrscheinlich längeren launigen Rede zu beginnen.

»Wir sind hier zusammengekommen, um …«

Das Folgetonhorn der Polizei unterbrach ihn. Leise fluchend zog Chefinspektor Paukerl sein Handy aus der Uniformjacke und machte gleichzeitig beschwichtigende Handbewegungen.

»Ja? Verdammt! Ja, das ist aber … Also gut!« Er erhob sich und eilte so leise wie möglich zu dem Standesbeamten. Anscheinend war es nichts Angenehmes, was er dem Mann ins Ohr flüsterte, die Miene des Beamten drückte Unwillen, Verzweiflung, aber auch Resignation aus.

»Nun denn …«, er hob hilflos die Schultern und hustete, »… Günter Josef Felber, willst du die hier anwesende Konstanze Hochstatter zur Frau nehmen, dann sag Ja.« Das mit der »Ewigen Treue« und »Bis der Tod euch scheidet« schenkte er sich, er wartete auch nicht, bis Felber sein Einverständnis kundtat, sondern fuhr gleich fort: »Konstanze Hochstatter, willst du Günter Josef Felber zum Mann nehmen, so sprich Ja.«

Überrascht und verwundert von dem wenig feierlichen Beginn krächzten beide ein »Ja!«.

Doch der Beamte hatte sich schon Weiner und dessen weiblicher Begleitung zugewandt, um diese eilige Prozedur zu wiederholen.

Wie es manchmal seine Art war, wollte Weiner gegen diesen nicht gerade feierlichen Vorgang protestieren, aber Paukerl starrte ihn an und legte den Finger auf den Mund. Also rief er ein lautes »Ja!«, dem Lieselotte ein geflüstertes, kaum verständliches folgen ließ.

»Die Ringe habt ihr? Dann bitte rasch unterschreiben«, rief der Beamte und zog die Papiere aus seiner Mappe.

Paukerl, der noch immer neben dem Standesbeamten stand, zückte seinen Kugelschreiber.

»Wo sind die Trauzeugen?«

Felber schüttelte den Kopf und hob bedauernd seine Arme. Er hatte Trauzeugen als unnötig empfunden, da er ja schon einmal verheiratet gewesen war, und Konstanze fand sich damit ab. Praktisch, wie sie war, meinte sie, auf solche Nebensächlichkeiten verzichten zu können, schließlich hatte noch nie ein Zeuge eine Ehe vor dem Zerbrechen retten können

Weiner blickte hilfesuchend zu Felber. Für ihn war das alles neu und aufregend, lange hatte er gebraucht, seinen Freund zu überreden, sich als sein Trauzeuge zur Verfügung zu stellen. Schließlich verfing das Argument, dass es ja eine Doppelhochzeit wäre und Felber sich ohnehin hier und heute vor dem Standesbeamten einfinden müsste. Da könnte er seinem Freund Weiner diesen Gefallen schlecht abschlagen.

Auch Lieselotte winkte hektisch ihrer besten Freundin zu, die diese Pflicht übernommen hatte.

Felber setzte schnell seine Unterschrift auf das Dokument, um zu bezeugen, dass Herr Weiner sich im Vollbesitz seiner geistigen Kräfte befand und willentlich diesen entscheidenden Schritt tat. Auch Hermi, Lieselottes Freundin, bezeugte dies, obwohl sie wahrscheinlich keine Ahnung von den weitreichenden Folgen dieser Bestätigung hatte.

Natürlich machte sich bei dieser völlig aus der Regel fallenden Zeremonie in der Gästeschar merkbare Unruhe breit. Vor allem eine Person begann, herzzerreißend zu schluchzen – Lieselottes Mutter.

»So habe ich mir den schönsten Tag im Leben meiner Tochter nicht vorgestellt«, jammerte sie. »Wie kann eine Ehe denn halten, wenn diese feierliche Zeremonie so husch-husch abgespult wird? Das kann doch nur Unglück bringen.«

»Das tut mir leid, Gnädigste«, tönte Paukerl von vorne. »Glauben Sie mir, so war das nicht geplant. Aber das Unglück, von dem Sie sprachen, ist schon da. Ich wurde informiert, dass zwei Personen tot aufgefunden wurden. Wahrscheinlich Mord und Selbstmord, das müssen wir jetzt gleich untersuchen. Besonderer Auftrag unseres Bürgermeisters.« Er zog die Schultern in die Höhe und breitete seine Arme aus. »Unverhofft kommt oft«, meinte er noch und fand den Spruch nicht deplatziert.

Frau Hafner konnte sich nicht beruhigen. Ihr Mann saß schmallippig neben ihr und tätschelte beruhigend ihre Hand.

»Gnädige Frau!«, versuchte Paukerl es noch einmal. »Beginnen Sie einfach, diesen Freudentag zu feiern. Wir stoßen so bald als möglich dazu, das verspreche ich.«

»Und in der Zwischenzeit wird das Essen kalt«, ließ nun Herr Hafner sich vernehmen, ein praktisch denkender Steuerberater.

»Auch dafür wird sich doch eine Lösung finden«, entgegnete Paukerl. »Leider ist es in unserem Beruf so wie bei den Pfadfindern. Die Devise lautet ›Allzeit bereit!‹. Haben Sie Verständnis, wir werden unser Bestes geben.«

»Na, viel Vergnügen!«, meinte Herr Hafner und widmete

sich wieder der Hand seiner Frau.

Weiner war inzwischen mit Lieselotte zu Felber getreten. Konstanze und Lieselotte begannen sofort, ihre Ringe zu begutachten.

»Es ist doch immer das Gleiche«, beschwerte Weiner sich, »kaum plane ich ein Fest, geschieht ein Mord.«

»Ja, ja, eigenartig, nicht?«, nickte Felber.

»Na ja, hat auch was Gutes. Diese gezwungenen Festlichkeiten mag ich eh nicht. Da ist mir ›Action‹ viel lieber.«

»Wenn du so über unser Fest sprichst, dann warte, bis du nach Hause kommst. Die ›Action‹ dann ist gestrichen«, mischte Lieselotte sich ein.

Felber zog Weiner ein Stück zur Seite.

»Sag einmal, die Frauen waren doch mit ihren Ringen beschäftigt. Trotzdem bekommt die Deinige alles mit?«

»Ja, sie hat ein eigenes Talent dafür. Sie hört und sieht alles. Wie Julius Caesar und Napoleon, die konnten das auch. Man nennt es, glaube ich, multiple … ach, was weiß ich.«

»Hör mal, da wäre sie ein toller Gewinn für die Polizei. Hast du schon einmal gefragt, ob sie …«

»Das will ich nicht. Sie soll auf ihrem Amt bleiben. Immer zusammenhängen – das hielte ich nicht aus.«

»Also, ich habe gute Erfahrungen damit gemacht.«

»Ja du, du bist auch eine Ausnahme. Für mich wäre das nichts. Und jetzt Schluss mit der Debatte, sonst bekommt sie noch mehr mit.«

In der Tat hatten die beiden Frauen sich wieder genähert.

»Was bekomme ich mit, Muffl?«

»Ääh …«

Unbewusst kam Konstanze ihm zu Hilfe. Sie lachte laut auf.

»Muffl? Was für ein lieber Spitzname.« Sie wandte sich an Lieselotte. »Als muffligen Menschen hab ich ihn gar nicht in

Erinnerung. Zumindest nicht in der letzten Zeit. Verhält er sich zu Hause anders?«

»Ach wo, er ist der netteste Mann, den man sich denken kann, sonst hätte ich ihn doch nicht geheiratet, wenn man das, was hier gerade geschah, Hochzeit nennen kann.« Sie versuchte, eine betrübte Miene aufzusetzen, doch das Lächeln in ihren Augen konnte sie nicht verbergen.

»So ist das leider in unserem Job. Verbrecher halten sich nicht an Regeln, Sonntage oder sonstige Feierlichkeiten. Sei froh, dass du im Amt eine geregelte Arbeitszeit hast.« Das brachte Konstanze in ernstem Ton vor, doch dann begann sie wieder zu kichern.

»Jetzt aber im Ernst. Warum nennst du Alfred Muffl?«

Nun begann auch Lieselotte zu glucksen.

»Eigentlich ist es nicht so kompliziert. Fredi und ich haben ...«

Paukerl störte diese tiefschürfende Erklärung. Er klatschte in die Hände.

»Leute! Jetzt wird es wirklich Zeit, dass wir aufbrechen. Vielleicht ist es ja falscher Alarm, und wir können uns noch den Freuden der Brautentführung hingeben ... nein, den Brautentführungen müsste man ja korrekt sagen. Also, auf, lasst uns brechen«, fügte er noch den alten Kalauer hinzu.

»Wen will unser Chef damit beruhigen?«, flüsterte Alfred.

»Vielleicht mich und meine Eltern?«, meinte Lieselotte, und es klang ein wenig spitz.

*

Wenn man in das Tal der Klausen fährt oder geht, empfängt einen gleich am Beginn ein mächtiges, aus Ziegeln gefertigtes Bauwerk. Auf massiven Pfeilern und bogenförmigen Brückenteilen überquert hier die Wiener Hochquellenwasserleitung diesen Bergeinschnitt auf dem Weg in die Bundeshauptstadt.

Einige Schritte weiter ragen auf der rechten Seite die Felsen des Kalenderberges hoch, fast bis zur Straße reichend. Zwei massive Gittertore, dahinter undurchdringliche Dunkelheit, gemahnen an eine ebenso dunkle Zeit. Ein Teil der Mödlinger Bevölkerung fand da in finsteren Gängen und Kammern in den Wirren des Zweiten Weltkrieges Schutz vor Bomben und Granaten.

Eine festlich gekleidete Gesellschaft hastete den Gehsteig entlang. Paukerl hatte entschieden, gleich zu Fuß hierher zum Bunker zu eilen, es ging schneller, als wenn man zuerst zur Inspektion gestürzt wäre, um danach mit Blaulicht und Folgetonhorn die gesamte Nachbarschaft in Aufregung zu versetzen. Denn eines hatte der Bürgermeister sich erbeten – so lange als möglich Diskretion walten zu lassen.

Außer Atem standen sie alle nun vor den Stiegenaufgängen zu dem Bunker und blickten zu den Gittertoren hoch, die fest verschlossen schienen. Fast alle. Doktor Kudlich und seine Begleitung, die Chefin der Spurensicherung, waren immer weiter zurückgefallen.

Felber fragte sich, er wusste nicht, zum wievielten Mal, in welchem Verhältnis die zwei zueinander standen. Eigentlich wollte er es gar nicht wissen, seine sexuellen Phantasien diesbezüglich ließen ihm regelmäßig kalte Schauer über den Rücken rieseln. Trotzdem packte ihn immer wieder die Neugier, was zwischen den beiden vorging. Man sah sie hin und wieder zusammensitzen, manchmal auch nebeneinander hergehen, aber nie hatte er eine zärtliche Geste, eine Berührung oder Ähnliches wahrgenommen.

Man konnte es nur mit Humor nehmen oder sich in Sarkasmus flüchten.

»Ihr kommt auch schon?«, rief er ihnen deswegen entgegen. »Habt ihr noch was Besonderes vorgehabt?«

»Günter!«, rief Paukerl tadelnd, denn er hasste nichts mehr als Unfrieden in seiner Mannschaft und fürchtete um die sensible Seele des Doktors oder eine harsche, rüpelhafte Antwort der Chefin, aus der leicht Streit entstehen konnte. Den konnte er im Moment nicht brauchen.

»Wie gehen wir weiter vor?«, wandte er sich mit hochgezogenen Brauen an Felber, es war schließlich schon einige Zeit her, dass er selbst an einem Tatort ermittelte.

»Keine Ahnung, Chef.« Felber zuckte mit den Schultern. »Du sprachst doch von einem angeblichen Mord und Selbstmord, ich seh hier aber keine Leichen herumliegen. Es wäre gut, wenn du von deinem mysteriösen Anruf erzählen könntest, der uns aus dieser schönen Feierstunde, die man ja auch nicht jeden Tag erlebt, gerissen hat.«

»Du hast ja recht, Günter«, Paukerl räusperte sich, »aber am Standesamt wollte ich nicht ins Detail gehen – Diskretion, du verstehst? Die Leute waren aufgeregt genug, und wenn ich mit langen und breiten Erklärungen begonnen hätte – es wäre wie ein Lauffeuer durch ganz Mödling gerast. Der Bürgermeister hätte mich um einen Kopf kürzer gemacht.«

»Ich versteh schon …« Felbers Mund verzog sich zu einem breiten Grinsen. »… du willst uns noch länger unter deiner Knute haben.«

»Ich bitte dich!«, protestierte Paukerl und musste ebenfalls grinsen. »Aber eigentlich hast du ja recht. Es geht uns doch gut hier in der Stadt.«

»Dir vielleicht!«

»Na, na!«, mischte Konstanze sich ein und versetzte Felber einen Rippenstoß. »Darf ich das als Beschwerde verstehen, ha?«

Das hatte er davon. Immer wenn er versuchte, sich locker zu

geben, trat er in irgendein Fettnäpfchen.

»Schatz …«, stotterte er, dann rettete Paukerl ihn.

»Er meinte das doch nur in Bezug zur Arbeit, liebe Frau Revierinspektor.«

Felber nickte heftig.

»Ah so? Na hoffentlich!«, entgegnete Konstanze schnippisch.

»Können wir das einmal beiseitelassen?« Felber wollte dieses Thema nicht unbedingt auswalzen. »Also, Chef, wo liegen die Toten, wer hat sie entdeckt, wieso gerade, wenn ich heirate, und so weiter und so weiter.«

»Du wirst lachen, Günter, hier drinnen.« Er wies mit der Hand zu den Gittertüren, und man sah ihm an, dass er froh war, von dem glatten Parkett wieder herunterzukommen.

»Hier? Bist du dir sicher? Es scheint hier alles gut verschlossen zu sein, und die beiden Opfer werden sich doch nicht durch die Gitterstäbe gezwängt haben, um sich danach gegenseitig abzumurksen. Die Stäbe sind so eng, da kommt nicht einmal Alfred durch.«

»Was ist mit mir?«

Alfred, dessen Nerven durch die mehr als überstürzt abgehaltene Hochzeit, durch die missbilligenden Blicke seiner eben erst Angetrauten und das Gejammer der Schwiegereltern, die es nicht verkrafteten, dass die Heirat nicht nach ihren Vorstellungen verlief, und ohnehin schon sehr angespannt waren, hatte Felbers Disput nur halb mitbekommen.

»Ach, nichts, Alfred«, winkte Felber ab.

Damit kam er aber bei ihm schlecht an. Er witterte sofort Verrat, Veräppeln.

»Jetzt sag sofort, was du und der Chef hinter meinem Rücken gewispert habt«, schrie er und ballte seine Fäuste.

Felber seufzte und zog die Stirn in dicke Falten.

»Ich hab dem Chef nur gesagt, dass nicht einmal du, sportlich und trainiert, wie du bist, dich durch die Gitterstäbe zwängen kannst.«

»Ich komm da nicht hinein? Pah! Das ist eine meiner leichtesten Übungen«, schrie Alfred. Wenn der Straßenverkehr und das Gemurmel der versammelten Mannschaft nicht so laut gewesen wären, hätte man sicher seine gespannten Nerven surren gehört.

Während das Spurensicherungsauto sich endlich einparkte, lief Weiner zu dem Tor.

»Alfred!«, rief Paukerl. »Lass das. Wir haben einen Schlüssel, die Spusi …«

Ungeachtet aller Warnrufe stak ein Fuß bereits im Inneren, und Weiner versuchte mit Schieben, Pressen und unter komplizierten Drehungen, den Körper folgen zu lassen. Bis er feststeckte und keinen Millimeter mehr vor oder zurück konnte.

»So ein Idiot!«, brummte Paukerl. »Wie bekommen wir ihn wieder unversehrt heraus? Seine eben Angetraute und ihre Eltern machen mir die Hölle heiß, wenn ein Teil seines Körpers fehlt. Leute!«, wandte er sich an den Spurensicherungstrupp. »Habt ihr eine Flex mit?«

Die Chefin der Gruppe schüttelte den Kopf. »Unsere Werkzeuge sind Messlatten, Fotoapparate, Pinsel und Folien. Chemische Flüssigkeiten und Pipetten. Zerstörerische Werkzeuge wie eine Flex meiden wir. Ihr würdet euch schön bedanken, wenn wir an einem Tatort mit solchen Maschinen hantierten.« Tiefe, glucksende Töne drangen aus ihrer Kehle, die ihren mächtigen Körper erschütterten. Felber merkte erst nach einiger Zeit, dass sie lachte.

»Aber, lieber Chefinspektor, ich habe einige starke Männer. Wir bekommen ihn schon wieder heraus – unversehrt, maximal einige Hautabschürfungen und blauen Flecken. Er darf halt in der Hochzeitsnacht nicht zu ungestüm sein.« Ihren Körper durchlief wieder ein Beben, dann schüttelte sie ungläubig den Kopf und murmelte: »Seid ihr kleine Kinder?«

Paukerl verbiss sich eine harte Antwort. Er selbst hatte ebenfalls kein Verständnis für diesen juvenilen Ausbruch seines zweitbesten Ermittlers, und dann lauerte auch ein undefiniertes Angstgefühl vor der massigen Chefin in ihm.

Sie patschte in ihre fleischigen Hände und rief: »Also, dann gehen wir es an, Leute. Kommt!«

Felber trat mit Konstanze zu Paukerl. Sein Gesicht drückte nicht nur Ärger über seinen Freund aus, auch Verwirrung lag darauf.

»Chef, bist du dir sicher, dass hier drinnen zwei Tote liegen? Es ist doch alles fest verschlossen, gerade erst hat die Spusi die Schlüssel gebracht. Woher also weißt du von den Morden? Oder waren dir die Hochzeitsfeierlichkeiten unangenehm, und du hast deswegen einen falschen Alarm ausgelöst?«

»Ich bitte dich, Günter«, protestierte Paukerl entrüstet, »hältst du so wenig von mir? Im Gegenteil, ich bin sehr froh, dass ihr zwei, nein, drei in den Hafen der Ehe eingetreten seid. Möge euer Glück so lange als möglich halten. Verheiratete sind verantwortungsbewusster.« Nach einer kleinen Pause setzte er hinzu: »Na ja, bei Alfred scheint es noch nicht gewirkt zu haben, aber gut, es ist ja noch nicht einmal eine Stunde her, dass er den Ring an den Finger bekommen hat.«

»Ja, ja«, antwortete Felber, »gut und schön, das beantwortet aber nicht meine Frage.«

»Ich wollte das Verfahren einfach abkürzen, Günter.« Paukerl hustete laut und räusperte sich kräftig.

Felber schwieg und sah ihn mit hochgezogenen Augenbrauen erwartungsvoll an.

»Es ist in dieser schönen Stadt kaum bekannt, aber es gibt einen zweiten Eingang in dieses Stollengewirr.« Felber riss die

Augen auf. »Du fragst dich jetzt sicher, Günter, woher ich das weiß, nicht?« Ein überlegenes Lächeln huschte über Paukerls Gesicht. »Es sollte dir doch bewusst sein, dass ich den holden Künsten sehr zugetan bin. Vor allem dem Theater. Und unseres bringt in diesen Gängen jedes Jahr im Sommer ein Stück zur Aufführung. Solltest dir mit deiner Ehefrau einmal ansehen, Günter. Hervorragend! Jedes Jahr.« Paukerl hob die Hand. »Ich weiß, das beantwortet noch immer nicht deine Frage. Es ist so, mich interessiert nicht nur das Spiel, die Neugierde zwackt mich, was rundherum geschieht. Ich faselte dem Direktor etwas von Sicherheitsbedenken, und er führte mich, ich glaube, es belustigte ihn sehr, quer durch alle Stollen, und schließlich landeten wir über den zweiten Ausgang ins Freie. Daher weiß ich das alles.«

»Und warum sind wir nicht gleich …«

»Das wollte ich nicht. Diskretion ist alles. Schau, Günter, drei, vier Häuser weiter ist dieser Eingang. Und was befindet sich dort? Ein Gasthaus, wie du siehst. Die Gäste hätten sich vor lauter Neugierde nicht eingekriegt, wenn wir mit großer Mannschaft eingefallen wären. Deshalb wählte ich die sanfte Variante.«

»Wenn du meinst. Aber …«

»Chef«, unterbrach Konstanze ihn. »Wer hat dann die Toten entdeckt? Ein Wirtshausgast?«

»Nein, der Regisseur. Das heißt, eigentlich der Direktor vom Stadttheater …« Paukerl verhaspelte sich beinahe ob dieser komplizierten Materie. »… der Direktor führt nämlich Regie … nach eigenem Skript … und dann spielt er noch selbst mit …«, endete er ein wenig hilflos, um gleich darauf fortzufahren: »Er hat mich gleich darauf angerufen, das heißt auf der Inspektion, und die hat sofort mich verständigt … aber das habt ihr eh mitgekriegt, war ja nicht zu überhören. Dann meldete sich der Bürgermeister, denn angeblich ist einer der Toten sein Bruder.«

»Und der Direktor kennt den Bruder vom Bürgermeister?«, warf Felber ein.

Paukerl zog die Schultern in die Höhe und breitete die Arme aus.

»Offensichtlich. Mit Politikern muss man es sich eben gut stellen.«

»Aber der ist …«

Felber wurde von einem Ruf unterbrochen. Die Chefin der Spusi winkte ihnen zu. Die Gittertüre war offen, Weiner hing nicht mehr in den Stäben.

In Felber machte sich mit einem Mal Besorgnis breit. Hatte er zuerst Weiners Eskapade als Dummejungenstreich, geboren aus Überheblichkeit, Bestätigungssucht oder einfach als Überschätzung der eigenen Fähigkeiten gewertet, fürchtete er jetzt um den gesundheitlichen Zustand seines Freundes. Abgesehen davon, dass er sicher an einem beträchtlichen seelischen Knacks nagte.

Er fasste nach Konstanzes Hand, Beistand ist immer gut, und eilte, nicht in die dunklen Tiefen der Stollen, sondern zu der Felswand, an der ein eiserner Türflügel angelehnt war.

2. Kapitel

Weiner fluchte. So mies hatte er sich schon lange nicht mehr gefühlt. War er wirklich so dick geworden? Er hatte doch immer eine sportliche Figur gehabt, athletisch und doch geschmeidig und gelenkig. Und jetzt dieses Desaster. Stöhnend befühlte er seine Hüfte und den Brustkorb. Hoffentlich war keine Rippe gebrochen.

Hatte er sich wirklich in der letzten Zeit so gehen lassen? Was war schuld, dass er seine sportlichen Aktivitäten so stiefmütterlich behandelt hatte? Lieselotte? Die Mörder, die ihn seit Jahren auf Trab hielten? Felber, der mit Sport nichts am Hut hatte, außer man konnte es im Fernsehen verfolgen?

Lieselotte schloss er gleich einmal aus. Begründen konnte er das nicht, aber als frischgebackenes Ehepaar musste man zusammenhalten.

Die Mörder verschwendeten sicher keinen Gedanken an sein sportliches Manko, wenn sie ihre Taten begangen. Das konnte man ihnen schwer verübeln.

Dann blieb also nur Felber über. Sein Hang zu langsamen Spaziergängen, sei es in der Stadt oder im Wald, war garantiert kein Ansporn für einen Hundertmeterlauf oder einen Marathon. Dass man sich selbst dann, verbunden durch freundschaftliche Gefühle, zurückhielt, war doch verständlich. Dazu die ungeliebte Schreibtischarbeit, das Suchen im Computer, während der Herr selbst, der sogenannte Chef, hierhin und dorthin spazierte, um Mörder aufzuspüren.

Das musste sich rasch ändern. Schon alleine deswegen, da Lieselotte sicher kein Verständnis aufbrachte, wenn er mehr breit als groß wurde.

Weiner versuchte aufzustehen. Ein stechender Schmerz fuhr wie ein Eispickel in seine Hüfte. Mit zusammengebissenen Zähnen sank er zurück. Diese verdammten Spusimänner hätten auch behutsamer mit ihm umgehen können.

Jetzt kam auch noch der Verursacher dieses Dilemmas, sein »Chef«, die Stufen herauf, langsam und bedächtig wie immer, statt dass er ihm hastig zu Hilfe eilte. Gut, er war ja schon aus seiner Klemme befreit worden, aber trotzdem! Ihm folgte seine Lebensgefährtin und frisch angetraute Ehefrau Konstanze. Kurz dachte er noch einmal an Lieselotte, die sich sicherlich die Augen ausheulte, weil er nicht bei ihr sein konnte, sie nicht den ersten Tanz als Ehepaar drehen konnten, er nicht den Festreden der Verwandtschaft lauschen konnte. Obwohl er, ehrlich gesagt, von diesem ganzen Klimbim ohnehin nichts hielt, im Augenblick konnte er an nichts anderes denken.

»Alfred, sag einmal, was machst du denn für Sachen?«, fragte Felber keuchend. Hatten die wenigen Stufen ihm so zugesetzt?

»Wie geht es dir? Bist du verletzt?« In Konstanzes Stimme klang Besorgnis mit.

»Alles bestens!«, knurrte Weiner und versuchte, mit zusammengebissenen Zähnen wieder aufzustehen. »Eine halbe Minute mehr Zeit und ich wäre drinnen gewesen. Aber nein, diese Idioten müssen mich ja mit aller Gewalt herauszerren.«

Jeder, selbst Alfred musste zugeben, dass dies nicht der exakten Wahrheit entsprach, aber alle nickten bestätigend.

»Na, dann schauen wir, dass wir zum Tatort kommen, die Hochzeitsgesellschaft wartet auf uns.« Felber hielt ihm die Hand hin, und mit Konstanzes Unterstützung stand Weiner wieder auf beiden Beinen aufrecht da. Etwas wackelig zwar, aber doch. Die ersten Schritte schaffte er nur mithilfe von Konstanze und Felber, die ihn von links und rechts unterstützten, aber langsam besserte sich sein Zustand.

*

Ein gespenstischer Anblick bot sich ihnen, als sie endlich am Tatort anlangten. Ein kleiner Raum, mit hastig verputzter Ziegelmauer von den breiten Gängen abgetrennt, versehen mit einer schmalen Türe.

Felber fröstelte, nicht weil er sich vor dem Anblick der Toten wappnen wollte, eine feuchte Kälte herrschte in den Räumen. Die dünnen ledernen Schuhsohlen, die leichte Ausgangsuniform waren hier denkbar ungeeignet. Auch Paukerl und Doktor Kudlich sahen ein wenig blass drein. Den Männern des Spurensicherungstrupps schien die Kälte wenig auszumachen, sie lehnten gelangweilt an den Mauern.

Einer, dicht neben der Türöffnung stehend, versperrte mit seinem Arm den Eingang. Felber riskierte dennoch einen Blick ins Innere. Zwei Männer suchten akribisch den Fußboden ab, und die dickliche Chefin beugte sich über die mitten im Raum liegenden Toten. Viel konnte Felber nicht erkennen, den Kopf des einen und die Füße des anderen. Sie schienen nackt, bestenfalls nur mit einer Unterhose bekleidet zu sein. Ohne Gewand bei dieser Kälte, dachte er, das ist schon sehr sonderbar, aber er hatte schon so viele Tote gesehen, dass ihn nichts mehr wunderte. Ihn erstaunte vielmehr die Chefin. Wie hatte sie es bloß geschafft, sich samt ihrem bodenlangen Kleid in den weißen Overall zu zwängen?

Endlich kamen sie und ihre beiden Männer aus dem Raum, winkten Doktor Kudlich zu und traten dann zu Paukerl.

»Gott sei Dank!«, murmelte Felber und blickte sich nach

Konstanze und Weiner um. Sie standen etwas abseits, und Konstanze war intensiv damit beschäftigt, ihre Hände zu reiben und anzuhauchen. Weiner schien immer noch Schmerzen zu haben und lehnte trotz seiner schönen Uniform apathisch an der Mauer.

»Kommt!«, rief er. »Es ist so weit«, und ging ebenfalls auf Paukerl zu.

»Eine magere Ausbeute«, hörte er die Spusifrau sagen, »einige Fußabdrücke, aber die müssen wir erst abklären. Der Mensch, der die Toten gefunden hat, scheint in dem Raum ziemlich herumgetrampelt zu sein. Ich hoffe, er ist noch da, damit wir direkt hier einen Vergleich von seinen Sohlen bekommen. Eigenartig ist die Lage der Toten, aber das sieht unser Doc sich besser an. Wenn sie mich fragen, gibt's da einen sexuellen Hintergrund. Die beiden dürften mit Frauen nicht sehr viel am Hut gehabt haben. Manchmal versteh ich die Männer nicht.« Ihr Lachen erschütterte den ganzen Körper, was ihren Overall in eigenartige Schwingungen versetzte.

»Können wir?« Felber wies zur schmalen Türe.

»Wenn der Doc nichts dagegen hat?«, zuckte die Chefin mit den Schultern.

Felber machte sich mit Konstanze und dem humpelnden Weiner auf den Weg.

»Wartet!«, rief Paukerl. »Ich komme mit.«

»Das würde ich nicht tun, Chef«, meinte die Chefin. »Die drei und mein Doc sind schon zu viel in diesem Kammerl.«

»Na ja«, seufzte Paukerl, »aber dann sollte vielleicht Alfred auch nicht mitgehen, er kann sich ja eh kaum rühren.« Nachdenklich runzelte er die Stirn. »Weißt was, Alfred, wir beide verhören den Zeugen, der die Toten gefunden hat. Er soll im Wirtshaus sitzen.«

*

Doktor Kudlich kniete mit gebeugtem Oberkörper über einer der Leichen. Unter ihm war eine Plastikfolie ausgebreitet. Seine Arme stützten sich auf den Oberschenkeln ab. Die in Falten gelegte Stirn und die hochgezogenen Augenbrauen verrieten Unglauben, beinahe Hilflosigkeit.

»Na, Doktor«, rief Felber und zog Konstanze hinter sich in den kleinen Raum. »Was ist dein erster Eindruck?«

Kudlich blickte hoch. »Verwirrung!«, sagte er schließlich und schüttelte den Kopf.

»Wie das?«

»Sieh es dir selbst an, Günter. Das ist besser als meine weitschweifigen Erklärungen.«

Felber trat näher. Die Männer waren tatsächlich unbekleidet, lagen Brust an Brust, nur dass sich der Kopf des einen bei den Füßen des anderen befand. Das allein war schon erstaunlich, nichts aber gegen die Tatsache, dass im Rücken beider ein Messer steckte, gehalten von jeweils dem anderen.

»Mysteriös!« Felber schnappte nach Luft, und sein Kopfschütteln drückte ebenfalls Erstaunen aus. »Auf den ersten Blick sieht es nach Doppelselbstmord aus, wenn es so etwas überhaupt gibt. Hat man irgendetwas gefunden, zum Beispiel einen Abschiedsbrief?«

»Keine Ahnung!« Kudlich konnte sich ein Lachen nicht verkneifen. »Da müsst ihr Hermine fragen.«

Wer zum Teufel war Hermine? Langsam dämmerte es Felber, dass der Doktor damit die Chefin der Spusi meinte. Jetzt musste er grinsen. Wie weit gingen die Intimitäten der beiden denn schon? Dabei – der Name Hermine passte so überhaupt nicht zu der Chefin. Andererseits – Engelbert und Hermine – das hatte was für sich.

»Wenn ihr mich fragt – das sieht wie eine Inszenierung aus«, unterbrach Konstanze Felbers Gedankengänge.

»Gut beobachtet, gnädige Frau!« Kudlich räusperte sich. »Entschuldigung, wie soll ich Sie seit heute nennen? Frau Felber? Oder gedenken Sie, Ihren Namen zu behalten?«

»Konstanze! Sagen Sie einfach Konstanze zu mir. Schließlich kennen wir uns schon einige Zeit, und ich hasse es, als gnädige Frau angesprochen zu werden.« Ihr Gesicht überzog sich mit leichter Röte.

»Es ist eine Ehre für mich.« Kudlich verbeugte sich, was in seiner knienden Stellung witzig aussah.

»Können wir jetzt auf unsere eigentliche Aufgabe zurückkommen?«

Felber war diese Sache unangenehm, schließlich hatte sich in ihrem Leben kaum etwas geändert, außer dass ihr Zusammensein nun amtlich war. Gleichzeitig fühlte er aber, dass es für Konstanze mehr bedeutete.

»Ja, nun …« Kudlich räusperte sich erneut. »Tatsächlich ist dies nicht der Tatort. Das kann ich ausschließen. Oder siehst du hier eine größere Menge Blut, Günter?«

Felber musste sich eingestehen, dass der Doktor recht hatte. Außer einigen kleinen roten Tröpfchen deutete nichts darauf hin, dass hier ein Gewaltverbrechen geschehen war, außer dass zwei Tote am Boden lagen.

Kudlich erhob sich ächzend.

»Mehr kann ich hier im Augenblick nicht sagen. Es wäre vergeudete Zeit. Todesursache, Zeitpunkt, ob unter Umständen Drogen im Spiel waren, das alles kann ich erst …«

»Ja, ja, spar dir deine Sprüche, Doktor«, winkte Felber ab. »Ich hoffe, deine Helfer stehen schon parat. Gut, Konstanze, dann sehen wir, ob Paukerl und Alfred etwas herausbekommen haben.«

»Meine Helfer sind immer bereit, Günter. Wie sagte Paukerl bei der Trauung so schön? Allzeit bereit, wie die Pfadfinder.«

Felber, schon im Gehen, hob nur winkend die Hand.

»Übrigens«, rief Kudlich Konstanze nach, »mein Name ist Engelbert.«

»Für mich bleiben Sie der Doktor«, meinte sie und eilte ihrem frisch angetrauten Mann nach.

*

Wie er hierhergekommen war, entzog sich seiner Kenntnis. Er war einfach mit Konstanze im Schlepptau losgezogen, hatte einige Gänge gequert, eine Türe geöffnet und stand plötzlich im Freien. Ein abschüssiger Weg führte zu zwei dicht nebeneinanderstehenden Häusern. Eines musste das Wirtshaus sein.

»Na, dann schauen wir einmal, was Alfred und Paukerl erreicht haben. Auf den Zeugen bin ich schon gespannt.«

»Der Theaterdirektor, das unbekannte Wesen«, lachte Konstanze und klopfte Felber auf die Schulter. »Geh endlich, ich brauche unbedingt einen heißen Tee.«

In der Gaststube war nicht viel los. Ein einsamer Trinker saß an einem kleinen Tischchen und schien mit sich selbst zu reden. Der Wirt hinter der Schank trocknete Gläser ab. Sonst befanden sich nur Weiner und Paukerl im Raum, lehnten erschöpft in ihren Sesseln und sahen noch immer verfroren aus.

»Wo ist der Direktor?«, fragte Felber und rückte einen Sessel zurecht.

»Was willst du trinken?«, unterbrach ihn Konstanze, die an der Schank stand.

Immer diese Entscheidungen, dachte Felber, der noch keinen Gedanken daran verschwendet hatte. »Dasselbe wie du«, meinte er nach kurzem Nachdenken.

»Also, dann zwei Tee mit Zitrone«, bestellte sie und setzte sich ebenfalls zu ihnen.

»Was trinkt ihr da?«, fragte sie und deutete auf die Biergläser vor Weiner und Paukerl.

»Ein Maurer hat mir einmal erzählt, dass kaltes Bier Wunder wirken soll, wenn man durchgefroren ist«, erklärte Weiner.

»Und, wirkt es?«

»Nach dem ersten Glas noch nicht.« Weiner, dem es besser zu gehen schien, grinste. »Vielleicht muss man mehrere …«

»Untersteh dich, du hast heute noch einiges vor dir«, schalt Konstanze ihn, musste aber ebenfalls grinsen.

»Apropos, Vorhaben!«, ließ Paukerl sich vernehmen. »Ich bringe Günter noch schnell auf den neuesten Stand, und dann ab zur Hochzeitsfeier. Die Gäste warten lang genug, und ich glaube kaum, dass Kudlich uns heute noch neue Erkenntnisse auf den Tisch legt.«

Der Direktor hatte von nichts eine Ahnung. Er wollte nur eine kurze Begehung der Stollen machen, um sich über die Szenenfolge des nächsten Stückes Klarheit zu verschaffen, sich Inspiration holen, was ihm aber nach dem Fund der Leichen nicht gelungen war. Darüber hinaus betonte er nochmals eindringlich, dass er es ja war, der sozusagen den Alarm ausgelöst hatte. Als guter Staatsbürger würde er jederzeit für Fragen und Antworten zur Verfügung stehen, aber jetzt müsse er ins Theater, man warte schon auf ihn.

*

Sollte der Doktor nicht längst in seinem weiß gekachelten Keller stehen und aus den Leichen Erkenntnisse für ihre Ermittlungen säbeln? Stattdessen tanzte er mit Hermine einen aufregenden Tango, als Paukerl mit seiner Crew endlich in dem feierlich geschmückten Lokal auftauchten. Die Hochzeitsgäste, also die Eltern von Lieselotte und einige Verwandte, klatschten begeistert mit. Die Braut saß mit verhärmtem Gesichtsausdruck neben ihrem Vater. Ihr Blick hellte sich auf, als Alfred hereinkam, verdüsterte sich aber gleich wieder, als sie merkte, wie ihr Gatte humpelte.

Es bedurfte einiger handfester Lügen, um sie zu beruhigen, aber schließlich saßen alle auf den ihnen zugewiesenen Plätzen, der Speisen harrend, oder, wie Paukerl es ausdrückte, um auch dem Koch eine Freude zu machen, der sicher fluchend das Essen auf den Herdplatten hin- und hergeschoben hatte.

Der Einzige, der an dem Fest noch etwas auszusetzen hatte, war der Vater von Lieselotte. Er bemängelte das Fehlen der Verwandtschaft von Alfred, gleichzeitig mit einer Spitze gegenüber Felber und Konstanze.

Felber waren Familienfeste immer schon gleichgültig gewesen, und Konstanze schloss sich ihm an. Briefe oder Karten im Nachhinein machten sich auch ganz gut.

Weiner hingegen witzelte, sein Onkel, der einzige Verwandte, den er hatte, habe ein Holzbein und könne deswegen hier nicht antanzen.

Stimmung kam kaum auf, obwohl sich alle sehr darum bemühten.

Das Essen war trotz der Verspätung ausgezeichnet, selbst Paukerl, der sich immer als Gourmet bezeichnete, hatte daran nichts auszusetzen, was vielleicht auch daran lag, dass das schlechte Gewissen ihn drückte. Er fühlte sich an der Schluderei bei den Heiraten und der darauf folgenden Unterbrechung der Festlichkeit schuldig.

Einmal noch zuckte Felber zusammen, als man ihn und Weiner aufforderte, den Hochzeitswalzer zu absolvieren. Das war so gar nicht nach seinem Geschmack, aber er schlug sich tapfer.

Beim humpelnden Weiner hingegen sah der Walzer eher nach einer Polka aus. Nur Kudlich schwebte trotz seiner und Hermines Fülle leicht über das Parkett. Felber drängte es nach Hause. Festlichkeiten waren nicht sein Ding.

Bei der Verabschiedung sprach Paukerl aus, was er ohnehin geahnt hatte.

»Dann sehen wir uns morgen. Weißt eh, der Hochzeitsurlaub ist gestrichen.«

3. Kapitel

Selten noch war Felber am nächsten Morgen so widerstrebend aus dem Bett gekrochen, selten noch hatte er so unwillig das Müsli, anschließend die obligatorische Marmeladesemmel gegessen und seinen Kaffee geschlürft. Selten noch war er mit solch gemischten Gefühlen gemeinsam mit Konstanze zu seinem Arbeitsplatz, der Polizeiinspektion, aufgebrochen.

Schuld daran war nicht die abgesagte Hochzeitsreise, sie wären ohnehin nur nach Tirol gefahren, die beiden Toten lagen ihm im Magen.

Er hatte sich vor einigen Jahren in diese Kleinstadt versetzen lassen, da er in Ruhe und ohne allzu viel Aufregung seinen Dienst ausüben wollte. Einige Zeit lief es ja gut, doch dann kam die Scheidung von Monika, und danach begann eine Serie von Morden, die man in einer überschaubaren Stadt wie Mödling nicht für möglich gehalten hätte. Manchmal fragte er sich, ob es da einen Zusammenhang gab. Dann hätte aber nach seiner neuerlichen Heirat Schluss sein müssen mit diesen menschenverachtenden Tötungen. Wobei – er wusste ja noch nicht, ob die Morde vor oder nach seiner Eheschließung begangen worden waren. Aber so kleinkrämerisch wollte er jetzt nicht denken.

Konstanze, sensibel, wie eine Frau eben ist, fühlte diese Unruhe.

»Na, Günter, welche Laus ist dir über die Leber gelaufen? Mach dir doch nicht so viele Gedanken, Tirol läuft uns nicht weg. Du wirst sehen, wir lösen den Fall ruck-zuck, und dann geht's auf in luftige Höhen«, sagte sie voller Optimismus und hängte sich bei ihm ein.

Sollte er sie an seinen Befürchtungen, an den Überlegungen, die in ihm rumorten, teilhaben lassen? Er lachte gequält auf. Hatte der Standesbeamte gestern in aller Eile nicht doch eine Floskel fallen gelassen?

»Zusammenhalt in guten und in schlechten Tagen, so heißt nun das Dogma in ihrem Leben«, sagte er, kaum hörbar in dem Trubel. Er lachte nochmals auf, leichte Verzweiflung klang mit. »Es geht mir nicht um den Urlaub, Hasi, obwohl wir ihn uns ehrlich verdient hätten. Vielmehr graut mir vor den Ermittlungen bei diesen Morden oder was auch immer zu dem Tod der beiden geführt hat. Von wegen schnelle Aufklärung und den oder die Täter hopsnehmen – du wirst sehen, die unfruchtbaren Recherchen werden sich in die Länge ziehen, die Hoffnungslosigkeit wird uns alle erfassen, und nur mit allem Glück der Welt wird es vielleicht gelingen, diesen Fall zu einem Abschluss zu bringen. Das Schlimmste aber – ich fühle kein Feuer in mir. Hab so gar keine Lust.«

Konstanze schwieg und fasste seine Hand.

»Armer Bär!«, mitfühlend drückte sie seine Finger, versuchte ihn aber gleichzeitig bei seinem Ehrgeiz zu fassen. »Wie würde das Paukerl kommentieren? ›Kein Problem, Günter‹, würde er sagen, ›dann kommt eben das Landeskriminalamt zum Zug.‹ Damit bist du alle Sorgen los.«

Felber zuckte zusammen. »Was?«, rief er, und seine zusammengesunkene Gestalt reckte sich in die Höhe. »Das Landeskriminalamt? Nie und nimmer! Die haben doch keine Ahnung. Komm, geh ein bisschen schneller, wir haben viel zu tun.«

Seine Augen blitzten, und Konstanze konnte sich ein heimliches Schmunzeln nicht verkneifen.

*

Wider aller Erwartungen saß Weiner schon an seinem Schreibtisch, rührte in seinem Kaffeebecher und gähnte herzhaft.

»Na, ihr beiden Turteltäubchen, dass ihr auch schon kommt.« Er gähnte nochmals und begann zu grinsen. »Ihr wollt mir doch nicht sagen, dass eure Hochzeitsnacht so anstrengend war. Die habt ihr doch vorher sicher schon einige Male absolviert. Ich hingegen …«

»Alfred, bitte verschone uns mit sexuellen Einzelheiten. Auf Lügenmärchen sind wir nicht scharf.«

»Aber ich wollte …«

Telefongeklingel unterbrach ihn. Erleichtert hob Felber ab.

»Günter, zu mir!« Paukerl war wie immer kurz angebunden. Felber hegte wieder einmal den Verdacht, dass er die Sparvorgaben des Innenministeriums auf diese Weise zu erreichen versuchte.

»Der Chef!«, sagte er und zog die Augenbrauen in die Höhe. »Macht einstweilen etwas Sinnvolles.«

Beim Eintreten in Paukerls Büro bemerkte er sofort den Besucher und atmete geräuschvoll aus, als er sah, dass es nicht sein spezieller Freund Oberst Pelzer war.

Ein massiger Mann, schick gekleidet mit einem grauen Anzug, roter Krawatte und hellblauem Hemd. Dunkle Haare, durchsetzt von grauen Ansätzen, helle Augen in einem geröteten Gesicht. Sieh mal an, dachte Felber, unser Herr Bürgermeister. Der sollte auch etwas gegen seinen hohen Blutdruck unternehmen.

Obwohl ja seine Aufregung verständlich war. Wen lässt das Ableben eines nahen Verwandten schon kalt, noch dazu, wenn es sich um einen gewaltsamen Tod handelt.

»Hallo, Günter«, rief Paukerl, »unseren Herrn Bürgermeister kennst du ja, oder? Das ist mein bester Mann«, wandte er sich an Herrn Pruger, Regent von über zwanzigtausend Mödlinger Bürgern.

»Na hoffentlich!«, meinte dieser unfreundlich, die helle Stimme passte nicht zu der massigen Statur. »Mir wäre ja lieber gewesen, wenn Sie das Landeskriminalamt beigezogen hätten. Aber bitte! Nur, eines schwöre ich Ihnen, sollte nicht innerhalb kürzester Zeit dieser Fall aufgeklärt sein, waren Sie die längste Zeit hier der Chef.«

Ein freundlicher Mensch, dachte Felber, aber vielleicht muss man so sein, um eine große Bevölkerung in Schach zu halten. Möglich auch, dass nur die Trauer um seinen Bruder aus ihm spricht, verständlich, da kann man die guten Manieren schon einmal vergessen.

»Selbstverständlich, Herr Bürgermeister«, beeilte Paukerl sich, devot zu versichern, doch in seinen Augen blitzte es gefährlich. »Sie werden sehen, Günter ... äh ... Gruppeninspektor Felber und sein Team lösen diesen abscheulichen Fall. Ist ja nicht der erste Mord in Mödling, den sie bearbeiten, und bis jetzt wurden alle Täter gefasst, wie Sie sich vielleicht erinnern.«

»Ja, ja, schon gut!«, meinte Pruger in besänftigendem Ton. »Man steckt ja vieles weg, aber wenn es dann die eigene Familie betrifft ...«

»Ist schon klar, Herr Bürgermeister.« Auch Paukerl bediente sich nun einer sanften Stimmlage, und Herr Pruger erhob sich.

»Entschuldigen Sie, Herr Bürgermeister ...«, Felber räusperte sich, »... wir werden nicht umhinkommen, Ihnen einige Fragen bezüglich des Umfeldes Ihres Bruders und vielleicht auch des zweiten Toten zu stellen. Wir wissen ja so gut wie nichts über die beiden. Sie können uns bestimmt einige

Anhaltspunkte für die Ermittlungen geben. Wann hätten Sie einen Termin frei?«

»Was soll ich schon …« Pruger sah ihn mit großen Augen an, dann blickte er auf seine Armbanduhr, in seinen Augen blitzte plötzliches Verständnis auf. »Klar, das machen wir am besten gleich. Die Amtsgeschäfte können warten.«

*

Wider Erwarten verhielt sich der Bürgermeister sehr kooperativ, als sie sich im Büro an Felbers Tisch setzten. Es schien ihm wirklich sehr viel daran zu liegen, seinen Beitrag zur Aufklärung zu liefern.

Norbert Pruger, fünfundvierzig Jahre alt, war Rechtsanwalt gewesen, der sich hauptsächlich mit Wirtschaftsrecht beschäftigt hatte.

»Genaueres dazu kann ich Ihnen nicht sagen«, meinte er, »da müssen Sie sich in der Kanzlei kundig machen. Aber bitte seien Sie nett und zartfühlend zu den Damen im Büro, ich glaube, die wissen noch nichts vom Ableben ihres Chefs.«

Ob er Feinde gehabt hätte, warf Felber noch eine Frage auf, und der Bürgermeister schüttelte den Kopf.

»Nicht, dass ich wüsste«, meinte er, »natürlich kann man es nicht jedermann recht machen, da geht es mir genauso, aber deswegen einen Mord begehen, nein, das ist mir unbegreiflich.« Er lachte kurz auf. »Dann müsste ich auch schon im Sarg liegen.«

Weiner, trotz seiner wahrscheinlich immer noch vorhandenen Schmerzen zappelig wie eh und je, sprang mit einer weit ausholenden Geste auf. Er vergaß auf Etikette, dachte nicht daran, dass er vor einem ehrenhaften und einflussreichen Mann stand, dem man mit Einfühlsamkeit und Achtung begegnen sollte, und schoss seine Frage direkt und brutal ab.

»Welche sexuelle Orientierung hatte denn Ihr Bruder?«

Eine an sich berechtigte Frage, wenn man an die Art der Auffindung der Toten dachte, aber die hätte man auch diplomatischer stellen können.

Die Reaktion darauf konnte man am Gesicht des Bürgermeisters ablesen.

»Also das …«, er schnappte nach Luft, »… sind Sie verrückt, mich so etwas zu fragen?« Ein Hustenanfall stoppte ihn.

Schnell mischte Felber sich ein und versuchte zu kalmieren.

»Entschuldigen Sie, Herr Bürgermeister, diese etwas pikante Frage. Aber so, wie wir die beiden Toten gefunden haben … sie waren beide nackt …«, auch Felber hüstelte nun verlegen, »… da wäre es schon interessant … vor allem, weil wir ja nicht wissen, wer der zweite Tote ist … wenn Sie uns einen Anhaltspunkt …« Felber verstummte.

Pruger sah ihn durchdringend an, langsam glättete sich die gerunzelte Stirn, und Felber meinte zu erkennen, dass auch die ungesunde Röte verblasste.

»Schwul?« Der Bürgermeister schüttelte den Kopf. »Mein Bruder war eindeutig hetero.« Er stieß ein gequältes Lachen aus. »Seine Frauengeschichten – wenn Sie mich fragen, hatte er viel zu viele – alle paar Tage war ein anderes Weib seine Favoritin. Sehen Sie in den Klatschspalten der Presse nach, dann fragen Sie nicht nach so einem Blödsinn wie Ihr Kollege.«

»Danke, Herr Bürgermeister, ich weiß Ihre Mitarbeit zu schätzen«, gab Felber sich weltmännisch.

»Gut!« Pruger schlug sich mit den Händen auf die Oberschenkel und stand auf. Mit einem Mal begann er zu lächeln, ein richtiges Bürgermeisterlächeln.

»Zeigen Sie mir doch das Foto des zweiten Opfers, vielleicht kann ich doch noch helfen? In meinem Amt kennt man doch viele Leute.«

Felber sah Weiner an, dann hob er bedauernd die Hände.

»Leider! Wir bekommen die Bilder erst von der Spurensicherung.«

»Na denn!« Pruger drehte sich um und wollte gehen.

Konstanze, bis jetzt nur Zuhörerin, sagte mahnend: »Kudlich!«

»Jössas!« Felber schlug sich auf die Stirn. »Herr Bürgermeister, wir brauchen Sie ja nochmals. In der Gerichtsmedizin, zur Identifizierung Ihres Bruders, dass es sozusagen amtlich ist, der Tod Ihres Bruders, meinte ich. Da können Sie gleich einen Blick auf den Unbekannten werfen.«

Jetzt wurde Pruger bleich.

»Muss das sein?«

»Leider ja. Oder Sie haben einen Verwandten, der das für Sie erledigt.«

»Na gut! Rufen Sie im Sekretariat wegen eines Termins an.«

Mit diesen Worten verließ er fluchtartig das Büro.

*

Felber lehnte sich schmunzelnd in seinem Sessel zurück. Bürgermeister sind auch nur Menschen, dachte er. Kaum kommt etwas Unangenehmes auf sie zu, wollen sie nichts damit zu tun haben. In diesem Fall konnte er es aber nicht vermeiden.

Genussvoll dehnte er sich mit gestreckten Armen und wollte gerade die Augen schließen, als Konstanze ihn aus seiner Beschaulichkeit riss.

»Was machen wir jetzt, Günter?«

Verdammt, die Arbeit! Nie konnte man sich in seinem Beruf entspannen.

»Haben wir schon was von der Spusi, Alfred?«

Der schüttelte nur bedauernd den Kopf.

»Na ja, war auch nicht zu erwarten. Dann machen wir Folgendes – du, Alfred, quälst deinen Computer, schau, dass du so viel als möglich über den Bruder des Bürgermeisters herausbekommst, und dich, Konstanze, würde ich bitten, in die Kanzlei des Rechtsanwaltes zu gehen. Ich weiß zwar nicht, wie groß die ist, aber Sekretärin oder Partner sollten doch irgendetwas wissen, Feinde, unzufriedene Kunden, Drohungen und so weiter. Ich mache einen Besuch bei Doktor Kudlich. Da wollt ihr ja sowieso nicht mitgehen.«

*

»Hallo, Günter!«

Doktor Kudlich saß an seinem mit Papieren übersäten Schreibtisch. Felber wunderte sich ein wenig, dass der Pathologe nicht sein obligatorisches Uringlas in der Hand hielt.

»Du bist ja gestern sehr rasch von der Feier verschwunden. Hat deine Frau dich ins Bett getrieben?«, lachte Kudlich und bekam prompt einen Hustenanfall wegen dieser Anzüglichkeit.

»Ein Schelm ist, wer immer nur an das Eine denken kann. Nein, Doktor, mir sind nur solche Feierlichkeiten zuwider. Wie war es, habt ihr lange durchgehalten?«

»Das ist Ansichtssache. Aber nein, wir mussten ja an die Arbeit denken. Doch den Höhepunkt hast du auf alle Fälle versäumt.«

»Ach, weißt du, die Trinkerei ist auch nicht so meins. Man will ja am nächsten Tag einen klaren Kopf haben.«

»Trinkerei, Trinkerei! Willst du das einem beinahe Antialkoholiker vorwerfen? Als Höhepunkt meinte ich Alfred, als er mit seiner Angetrauten einen Cha-Cha-Cha aufs Parkett legte, der sich gewaschen hatte. Das hättest du sehen müssen. Traute ich ihm gar nicht zu. Da ist ein Talent verloren gegangen.«

Alfred und Cha-Cha-Cha? Diese Begabung war Felber bis jetzt verborgen geblieben. Anfangs hatte er so von seiner Schreibgruppe geschwärmt, wollte immer einen Krimi schreiben, der aber nie über einige Seiten hinauskam, dann begeisterte er sich am Grillen von Fleisch, Gemüse und letztlich auch Mehlspeisen, die aber alle verweigerten. Und jetzt Tanzen? Felber schüttelte über die Begeisterungsfähigkeit seines Freundes den Kopf. Was kam als Nächstes?

Darüber wollte er nicht spekulieren. Der Besuch bei Kudlich diente ja nicht dem Erraten verschiedenster Talente, sondern dem Erhalt von nüchternen Fakten. Wobei er eigentlich annehmen musste, dass innerhalb dieser kurzen Zeitspanne kaum tiefe Erkenntnisse auf dem Tisch lagen.

Weshalb war er dann zu dem Pathologen gefahren? Er musste sich eingestehen, dass die pure Neugierde ihn getrieben hatte, nicht wegen der Leichen, nein, das Verhältnis Kudlichs zu der Spurensicherungschefin interessierte ihn brennend.

So weit, so gut, aber den Doktor fragen traute er sich dann doch nicht. Wenn es nicht anders ging, musste als Notlüge der unbekannte zweite Tote herhalten.

»Sag, Doktor, hast du schon Fotos von den beiden gemacht? Die hätte ich nämlich gerne.«

»Günter! Du mit deiner stetigen Hast wirst es nie lernen. Hab doch noch nicht einmal angefangen. Wie oft predigte ich dir schon, dass deine ständige Eile dir nur einen Herzinfarkt und keine rasche Aufklärung beschert. Gerade jetzt solltest du dir das zu Herzen nehmen, hast eine junge Ehefrau und bist vielleicht bald Vater. Wie heißt das schöne Sprichwort? Eile mit Weile! Gerade jetzt. Deine Familie braucht dich doch.«

Familie? Vater? Es durchzuckte Felber. Weiß der Doktor etwas, das ich nicht weiß?

»Doktor, was meinst …«

»Papperlapapp!«, winkte Kudlich ab. »Jetzt haben wir wirklich genug – wie heißt es so schön auf Neudeutsch – ›Small Talk‹ betrieben. Du willst mich doch nicht von der Arbeit abhalten wollen, oder?«

*

»Also, soviel ich mitbekommen habe«, sagte Konstanze und blätterte in ihrem Notizblock, »ist der Rechtsanwalt …«

»Entschuldige, Konstanze«, unterbrach Felber ärgerlich, »du sollst nichts mitbekommen. Was wir brauchen, sind Fakten, klare und eindeutige Tatsachen.« Er hasste es, nebulose Redewendungen zu hören. Gleich darauf bereute er aber seinen Gefühlsausbruch und streichelte ihre Hand.

»Welche Laus ist dir denn über die Leber gelaufen?« Konstanze fixierte ihn. Ihr Blick sagte aber nichts darüber aus, ob Ärger oder gar Mitleid aus ihr sprach.

Felber war froh, dass Alfred im Augenblick nicht hier war, der hätte sicher in seiner vorlauten Art das Falsche eingeworfen.

»Entschuldige!«, sagte er noch einmal. »Fang bitte noch einmal von vorne an«, meinte er.

»Weil du's bist!« Das klang ein wenig hochnäsig, und sie lächelte ihn zuckersüß an.

Hoppla!, dachte er, jetzt muss ich schleunigst zurückrudern. Warum bin ich immer so unvorsichtig? Wieder stieg Ärger in ihm hoch, diesmal war der aber auf sich selbst gemünzt.

»Bitte!«, wiederholte er. »Sei so gut.«

»Ein tolles Büro«, begann Konstanze mit hochgezogenen Augenbrauen, »groß, modern und mit allen elektronischen Geräten ausgestattet, die es gibt. Dieser Doktor Pruger scheint eine Goldgrube zu besitzen. Die Sekretärin – nein, so, wie sie aufgetakelt war, sollte man Empfangsdame zu ihr sagen – war ganz aus dem Häuschen, als ich ihr die schlimme Nachricht überbrachte. ›Das geht doch nicht‹, rief sie, ›der Herr Doktor hat heute zwei Gerichtstermine.‹ Dann kramte sie aus ihrer Handtasche ein Sacktuch hervor, schnäuzte sich, wischte sich kurz über die Augen und begann anschließend doch noch zu heulen. Wenn du mich fragst, war sie in ihren Chef verknallt oder eine Verflossene, die sich immer noch Hoffnungen machte.«

»Tragisch!«, meinte Felber mit Bedacht. »Hat sie irgendetwas erzählen können, das uns weiterhilft?«

Konstanze blätterte in ihrem Notizheft und schüttelte den Kopf.

»Nein! Nach ihrer Aussage war er ein netter, höflicher Mann, dem sogar seine Gegner Respekt erwiesen. Von Streit oder Feinden also keine Rede – behauptet zumindest sie. Als ich diskret auf die Umstände, wie und mit wem er gefunden wurde, hinwies, wurde sie zornig und so laut, dass einige Mitarbeiter neugierig um die Ecke blickten.« Sie seufzte auf. »Nachdem sie sich ein wenig beruhigt hatte, stellte sie klar, dass dies eine verleumderische Anschuldigung sei, durch nichts zu beweisen, durch Hunderte Zeugen zu belegen.« Konstanze lachte auf. »›Leider!‹, hat sie hinzugefügt, wegen der viel zu vielen Zeuginnen, wie ich annehme. Interessant ist aber, dass der Herr Doktor sich nach ihrer Angabe sehr wohl für die Rechte Homosexueller eingesetzt hat. Das können wir jetzt interpretieren, wie wir wollen.«

»Vielleicht«, überlegte Felber, »ist er der Frauen, die ihm – nach dem Bürgermeister und jetzt auch von der Sekretärin bestätigt – angeblich nachrannten, überdrüssig geworden und hat sich, um endlich zur Ruhe zu kommen, der anderen Seite zugewandt?«

»Das glaube ich nicht«, meinte Konstanze, »das liegt doch in einem drinnen, das spürt man doch, oder?«

Felber zuckte mit den Schultern. »Das darfst du mich nicht fragen. Da bin ich der falsche Ansprechpartner.«

»Na, das hoffe ich doch«, lachte Konstanze und knuffte ihn mit ihrem Ellbogen in die Seite.

4. Kapitel

Konstanze und Felber packten ihre Sachen zusammen, um ins Wochenende aufzubrechen. Das hatten sie sich ihrer Ansicht nach verdient. Ein magerer Ersatz für die Hochzeitsreise, aber nachdem sie neue Erkenntnisse erst montags erwarteten, wollten sie diese kurze Zeitspanne ausschließlich für sich nutzen. Pläne hatten sie keine, Improvisation war angesagt.

Die Bürotüre donnerte an die Wand.

Alfred! Felber hatte nicht mehr an ihn gedacht, konnte sich nur dunkel erinnern, dass er ihn mit Computerrecherche beauftragt hatte. Wo war der Kerl die längste Zeit gewesen?

Erbost blickte er vom Schreibtisch auf, wo er noch schnell die Aktenberge nach einer nur ihm verständlichen Methode sortiert hatte.

»Wo warst du denn?«, knurrte er. »Wenn ich mich recht erinnere, hab ich dich gebeten, in deinem Kastl alles über den Rechtsanwalt herauszufinden. Hast du stattdessen mit Lieselotte Händchen gehalten?«

Weiner lief rot an. »Was glaubst du denn?«, rief er erbost. »Ich frag dich auch nicht, was du so mit Konstanze treibst. Händchenhalten, pah! Darf ich daran erinnern, dass wir gestern geheiratet haben? Ich darf mir jetzt offiziell mehr erlauben.« Seine Gesichtsfarbe wechselte langsam wieder zu seinem normalen Farbton. Er konnte nie lange mit jemandem böse sein. Schließlich zog er es grinsend ins Lächerliche. »Wenn ich mit Konstanze allein bin, werde ich sie fragen, welchen Genuss sie hat, wenn ihr beide mit verschränkten Fingern auf der Couch sitzt.«

Felber lachte. »Untersteh dich!«, rief er. »Über Intimitäten wird nicht gesprochen.« In ruhigem Ton setzte er fort: »Ganz im Ernst, war so wenig über den Anwalt zu finden?«

»Im Gegenteil, jede Menge. Er war gut im Geschäft, hat die meisten seiner Klagen gewonnen, bekam viele Glückwünsche, von Drohungen aber keine Spur. Er dürfte wirklich sehr beliebt gewesen sein.«

»Keine Feinde? Nichts?«

Weiner schüttelte den Kopf, dann lachte er. »Wie man so hört, hat er viele Frauengeschichten gehabt. Da wäre es interessant, seinen privaten Mail-Verkehr durchzustöbern.«

»Und warum tust du das nicht?«

»Weil das nicht so einfach ist. Dazu brauche ich seinen Laptop, eine richterliche Genehmigung und das Einverständnis der Angehörigen. Ich bin mir ziemlich sicher, dass der Herr Bürgermeister da abwinkt.«

»Da gebe ich dir recht. Und sonst gibt es keine Möglichkeit?«

»Nur Illegale und da wirst du dagegen sein.«

»Facebook und Twitter?«, warf Konstanze ein.

»Hab schon kurz hineingeschaut«, erwiderte Weiner, »aber entschuldige, wer ist schon so blöd, da Morddrohungen auszustoßen? Ist doch total öffentlich.« Weiner schwieg und runzelte die Stirn. »Obwohl, wenn ich es recht überlege, es gibt genug Idioten in diesen Foren.«

»Na gut!«, seufzte Felber. »Dann bleibt uns wohl nichts anderes über, als auf die alte Ermittlungsart zurückzugreifen – fragen, fragen und nochmals fragen. Damit fangen wir am Montag an.«

»Warte!«, rief Weiner. »Ich bin noch nicht fertig. Anstatt Händchen zu halten …«, er zwinkerte Felber zu, »… hab ich der Spurensicherung einen Besuch abgestattet.«

»Bravo!«, jubelte Felber und klopfte ihm anerkennend auf die Schulter. »Gibt es schon was von den Herrschaften?«

»Viel ist es nicht. Fotos von den Opfern, damit wir etwas zum Herumzeigen haben, und dann steht eindeutig fest, der Fundort ist nicht der Tatort.«

Er zog aus seiner hinteren Hosentasche einen Packen zusammengefalteter Papiere und warf ihn auf den Tisch. Etwas verdrückt und zerknittert sahen die Fotos aus, was Felber normalerweise rasend gemacht hätte. Heute wollte er aber nur mehr nach Hause, und so verzichtete er auf jeden hämischen Kommentar.

*

An diesem Montag hatte das Wetter umgeschlagen. Ein feiner Nieselregen ließ Felber und Konstanze auf ihrem Weg allmählich nass werden. Felber schickte in Gedanken einige Flüche zum Himmel. Hätte er doch in die Wohnung zurücklaufen sollen, um einen Schirm zu holen? Verbittert schlug er den Kragen seines Sakkos hoch. Schildkröte müsste man sein, dachte er, die kann sich in ihren Panzer zurückziehen.

Konstanze schien es nichts auszumachen.

»Ach, komm«, rief sie lächelnd, als sie sah, wie Felber mit eingezogenem Kopf mürrisch neben ihr herstapfte. »Dieser Regen ist doch herrlich für die Natur und gleichzeitig Balsam für unsere Haut.«

»Wenn ich vom trockenen Zimmer aus nach draußen sehe, ist es für mich am allerbesten«, knurrte er, und dann waren sie schon an ihrer Dienststelle angelangt.

Als Fleißaufgabe und vermutlich wegen seines schlechten Gewissens, da er die Fotos ziemlich verknuddelt hatte, waren die Bilder des unbekannten Mordopfers von Weiner bereits verteilt worden. Eines hing im öffentlichen Bereich der Inspektion, dort, wo Strafzettel kassiert und Anzeigen entgegengenommen wurden.

»Herr Gruppeninspektor!«, rief Hans Eckel, ein gerade frisch von der Polizeischule gekommener Beamter. »Ich glaube, ich hab was für Sie.«

»Hoffentlich was Interessantes«, murmelte Felber Konstanze zu.

»Kurz bevor Sie gekommen sind, war ein Herr bei mir ... vielleicht sind Sie ihm sogar noch begegnet, graue Haare, ein wenig älter als Sie, ein bisschen dicker als Sie, ja, und nervös war er.«

»Eine gute Beschreibung ... äh ... Eckel, aber nein, hab niemanden gesehen. Wollte er zu mir?«

»Na ja, ich weiß nicht«, Eckel zuckte mit den Schultern, »jedenfalls hat er sich erkundigt, welche Voraussetzungen es braucht, um jemanden als vermisst zu melden. Da hab ich gleich an das Foto gedacht, das Gruppeninspektor Weiner noch am Freitag an die Tafel gehängt hat.«

»Und? Hast du ihm das Bild gezeigt? War ...«

»Ich hab's nicht über mich gebracht«, unterbrach der junge Inspektor ihn.

»Bravo!«, rief Felber und überlegte, ob der junge Mann wirklich die richtige Berufswahl getroffen hatte.

»Der Mann war so nervös und hektisch, pausenlos hat er auf seine Uhr gesehen, da dachte ich mir, sei lieber vorsichtig.«

Eckel wedelte vor Felbers Nase mit einer Visitenkarte herum.

»Die hat er dagelassen, falls wir Fragen an ihn hätten, und da Sie gerade mit einem unbekannten Mordopfer zu tun haben, dachte ich ...« Eckel sah Felber schuldbewusst an.

»Herrgott noch einmal!« Felbers Kopf nahm eine gefährliche Röte an. »Ist das zu glauben?«

Konstanze riss Eckel die Visitenkarte aus der Hand und zog Felber rasch weiter. So hatte sie ihren Ehemann noch nie erlebt. Sie wünschte, der Mörder hätte seine Taten einen Tag später ausgeführt oder der Theaterdirektor wäre nicht ausgerechnet an ihrem Hochzeitstag in die Katakomben eingestiegen. Dann wären sie bereits auf Hochzeitsreise in den Tiroler Alpen gewesen, ohne Handyempfang, und den Fall hätte jemand anderer übernehmen müssen. Lächelnd dachte sie an Oberst Pelzer, der sich daran wahrscheinlich seine falschen Zähne ausgebissen hätte.

»Komm«, sagte sie, »reg dich bitte wieder ab. Du weißt doch, die jungen Leute heutzutage, sie wollen eben nichts falsch machen.«

»Ja, und deswegen machen sie lieber nichts«, knurrte Felber noch immer erregt, aber sein Gesicht nahm langsam wieder eine normale Färbung an.

»Wo ist eigentlich Alfred?« Die Röte wurde wieder intensiver, aber noch bevor Konstanze eine beschwichtigende Antwort geben konnte, krachte die Bürotüre gegen die Wand.

»Entschuldigt, bitte!«, rief Weiner mit drei Kaffeebechern in der Hand. »Aber ich musste noch einmal zurücklaufen, es schüttet wie mit Schaffeln, brauchte einen Schirm, sonst wäre ich vielleicht ertrunken, und das wollte ich Lieselotte nicht antun.«

»Eine gute Ausrede«, brummte Felber und sah ihn kritisch an. So nass sahen die Hosenbeine nicht aus.

»Na, wo machen wir heute weiter?«, meinte Weiner im Plauderton und teilte die Becher aus.

Genau diesen Gedanken hatte Felber die längste Zeit auch schon gewälzt.

»Nun«, hob er an, »der Rechtsanwalt … wir wissen viel zu wenig über ihn. Alfred, setz dich mit den verschiedensten Gerichten in Verbindung, es muss doch jemanden geben, der über verbitterte Kontrahenten, enttäuschte Kläger und von mir aus auch frustrierte Ehemänner Bescheid weiß, wenn er wirklich so ein Hallodri gewesen ist. Also Bezirksgericht, Landesgericht, Handelsgericht und so weiter.«

»Pfff!«, blies Weiner die Luft aus. »Da brauche ich unbedingt Hilfe, sonst bin ich in vierzehn Tagen noch immer nicht fertig.«

»Konstanze?« Felber blickte sie bittend an.

»Na gut«, seufzte sie, »und was machst du inzwischen?«

»Ich …?« Die Frage war berechtigt, und er hatte keinen blassen Schimmer. Kudlich konnte er nicht schon wieder belästigen, der hatte sicher noch keine Ergebnisse zur Hand.

Er legte seine Stirn in tiefe Falten und sah hilflos drein.

Konstanze schob ihm die Visitenkarte unter die Nase.

»Der mögliche Vermisstenfall. Vielleicht erleben wir ja eine Überraschung.«

Erleichtert sprang Felber auf.

»Du hast recht. Dem werde ich gleich nachgehen. Es wäre ein eigenartiger Zufall, wenn der vermutlich Vermisste nicht in unseren Fall hineinspielt.« Er fixierte die Visitenkarte, die Buchstaben verschwammen vor seinen Augen. Er kniff sie zusammen, jetzt wurde die Schrift etwas deutlicher. Eigenartig, dachte er, kaum bin ich verheiratet, beginne ich, rasend schnell zu altern und schlecht zu sehen. Was für ein Omen ist das denn? Verstört rieb er sich die Augen mit den Fäusten.

Konstanze bemerkte es und begann zu kichern. »Ein eigenartiger Druck, findest du nicht? Ähnlich einem Hologramm, glaube ich. Du musst die Karte nur richtig halten, dann springen dich die Buchstaben an.«

Tatsächlich! Als er das Kärtchen ein wenig drehte, traten die

Worte deutlich hervor, als ob sie vor dem Papier in der Luft schwebten.

»Hans Holtzl«, las er laut vor, »Aufsichtsratsvorsitzender der Firma Schloss-e-tex. Wir verschließen die ganze Welt.«

Natürlich kannte er diese Firma, eines der Aushängeschilder der Stadt Mödling. Sie stellte computerisierte Schlösser und Schließanlagen her, fertigte zusätzliche Teile, über die man kaum etwas erfuhr, und war tatsächlich weltbekannt. Ein- oder zweimal waren sie schon vom Werk wegen rätselhafter Vorkommen verständigt worden, aber jedes Mal war schon das Abwehramt im Einsatz und lehnte ihre Mitarbeit ab.

»Er hätte den Vermissten einsperren sollen«, ätzte Weiner, »dann brauchten wir ihn jetzt nicht suchen. Weiß man überhaupt, ob ein ›Er‹ oder eine ›Sie‹ abgängig sind?«

Bedauernd hob Felber die Arme in die Höhe. »Keine Ahnung, ob wirklich jemand fehlt. Aber das werde ich gleich herausfinden.«

*

Den Aufsichtsratsvorsitzenden einer Weltfirma, besser, einer Firma mit Weltruf sprechen zu wollen, ist ein Ding der Unmöglichkeit, so sagte wenigstens die Empfangsdame.

»Haben Sie einen Termin?«, fragte sie Felber und maß ihn mit abschätzenden Blicken.

Felber verneinte und sagte mit einer gewissen Hochnäsigkeit, mit der man unwilligem Personal begegnen muss: »Trotzdem muss ich ihn sofort sprechen.«

»Der Chef ist nicht da!«, schaltete die Dame auf stur.

Chef? War der Titel Aufsichtsratsvorsitzender nur Angabe? Felber war ein wenig verwirrt.

»Ich kann Ihnen aber einen Termin geben«, meinte die Dame

mit süßlicher Stimme und einem hämischen Unterton. »Wäre es Ihnen am Zwanzigsten nächsten Monat recht?«

»Jetzt hören Sie mal zu, Gnädigste«, sagte Felber beherrscht, fingerte aus der Sakkotasche seinen Ausweis hervor und hielt ihn ihr vor die Nase. Dass er wütend war, merkte man am Zittern seiner Hand.

»Ihr Chef war heute früh bei uns auf der Inspektion und wollte eine Auskunft, die Sie aber nichts angeht. Ich bin nun hier, um ihm diese ...«

Felber hatte sich während dieses ärgerlichen Gesprächs immer wieder in der Halle umgesehen und glaubte nun, die Person, um die sich der Disput drehte, am Ende des Raumes bei einer Sitzgruppe zu erkennen. Holtzl hatte sein Handy am Ohr und lauschte mit gerunzelter Stirn.

Felber drehte sich um, ließ die Empfangsdame einfach stehen und steuerte auf den Herrn zu. Das war sicher unhöflich, aber seine Nerven vibrierten schon förmlich vor lauter Spannung.

Höflich blieb er in respektvollem Abstand stehen und wartete. Holtzl schien aber gar nicht zu telefonieren, immer wieder nahm er das Handy vom Ohr, sah auf das Display und schüttelte den Kopf. Mit einem diskreten Hüsteln machte Felber auf sich aufmerksam.

Mit angespannter Miene wandte der Chef sich ihm zu.

»Muss das gerade jetzt sein?«, fragte er gequält.

Felber stellte sich vor und zeigte seinen Ausweis.

»Herr Holtzl«, begann er, hoffend, dass dieser wirklich vor ihm stand, »Sie waren doch heute Morgen bei uns auf der Inspektion. Wie ich gehört habe, ging es um eine Vermisstenanzeige.« Er trug ein wenig dick auf, als er fortfuhr: »Prominenten Mitbürgern gilt natürlich ein besonderes Augenmerk. Ich bin nun hier, um zu fragen, wie ich Ihnen dabei helfen kann. Oder hat die Sache sich bereits erübrigt?«

Holtzls Gesicht verzog sich kurz zu einem Lächeln. »Zweiklassengesellschaft, ha?« Dann wurde seine Miene wieder ernst und besorgt. »Setzen wir uns, ja?«

»Folgendes Problem«, begann er, nachdem er sich seufzend niedergelassen hatte, »ich habe einen Neffen, jung, in eine Idee vernarrt, aber auch ein wenig ein Hallodri. Aber das waren wir doch alle in unserer Jugend, stimmt's?« Er drückte Felbers Arm. »Was ich sagen will ... mein Bestreben ist, dass er, natürlich nach einer gewissen Einschulungszeit, die Firma hier übernehmen soll, das haben wir so vereinbart.«

»Sie und Ihr Neffe?«

»Nein, meine Frau und ich.«

Nun, ein Mann, der eine Firma zu Weltruhm brachte, musste wohl despotisch agieren, dass sah Felber ein. Sein Neffe hingegen war damit möglicherweise nicht einverstanden. War er vielleicht deswegen verschwunden? Felber hatte kaum mehr Hoffnung, die Identität der unbekannten Leiche hier zu eruieren, trotzdem zog er das Foto aus seiner Sakkotasche.

Holtzl warf einen kurzen Blick darauf. »Was soll ich damit ...?«

»Sehen Sie es sich genau an. Ich weiß, es hat keine gute Qualität, ist nicht von einem Starfotografen gemacht, mich würde nur interessieren, ob Sie diesen Mann kennen.«

Holtzl zog ein Etui aus der Anzugstasche, klappte es auf und holte eine Lesebrille hervor.

»Auch ein Zeichen des Alterns«, lächelte er und studierte das Bild. Schweißtropfen erschienen auf seiner Stirn, und er wurde erschreckend blass.

»Das ...«, begann er stotternd, »... das sieht meinem Neffen ziemlich ähnlich. Was ist mit ihm? Hatte er einen Unfall? In welchem Spital liegt er?« Holtzl sprang auf. »Ich muss sofort zu ihm.«

»Beruhigen Sie sich, Herr Holtzl«, meinte Felber sanft, »setzen Sie sich wieder.« Auch deswegen hasste er seinen Beruf manchmal. Wie brachte man jemandem schonungsvoll bei, dass ein Verwandter nicht mehr unter den Lebenden weilte? Wie konnte man den Schmerz der Beteiligten an sich abprallen lassen, um nicht hineingezogen zu werden in das Leid?

Doch Holtzl hatte sich gleich wieder hingesetzt und trommelte nervös mit seinen Fingern auf die Platte eines Beistelltischchens.

»Leider kein Spital.« Felber begann stockend. »Es besteht der gerechtfertigte Verdacht, dass Ihr Neffe einem Mord zum Opfer gefallen ist.«

Nach kurzem Zögern berichtete er dann ausführlich von den beiden Leichen, dem ungewöhnlichen Fundort und der Tatsache, dass eines der beiden Opfer ein Rechtsanwalt gewesen war.

»Deswegen wüsste ich gerne so viel als möglich über Ihren Neffen. Ich brauche Hintergrundwissen und Querverbindungen aller Art, um den oder die Täter so schnell als möglich zu fassen. Nicht heute, dazu sehen Sie mir zu aufgewühlt aus. Sie bestimmen den Termin und wo wir uns treffen, gut?«

Holtzl hatte mit starrer Miene und zusammengekniffenen Lippen zugehört. Er nickte.

»Ich rufe Sie an«, sagte er, und in seinen Augen lag stählerne Entschlossenheit. »Übrigens, Rechtsanwalt Pruger kenne ich auch sehr gut.«

*

Obwohl ihm das Gespräch mit Holtzl sehr naheging war Felber sehr zufrieden mit dem Erreichten. Sie kannten endlich den Namen des zweiten Toten, zumindest mit neunzigprozentiger

Sicherheit. Es brauchte noch die offizielle Erklärung, das heißt, Bürgermeister Pruger und Herr Holtzl mussten bei Doktor Kudlich die Identifizierung ihrer Angehörigen vornehmen. Das wollte Felber schnell in Angriff nehmen. Kurz ärgerte er sich, nicht gleich mit dem Firmenchef einen Termin vereinbart zu haben. Daran hätte er denken können. Seine Entschuldigung, dem Mann eine kurze Phase zur Verarbeitung der Nachricht zu gewähren, ließ er nur bedingt als Ausrede gelten.

Konstanze und Weiner sahen mit müden Augen hoch, als er das Büro betrat. Sie taten ihm leid, gleichzeitig war er froh, keine Arbeit am Bildschirm machen zu müssen, da er überhaupt keine Ahnung und auch keinen Zugang zu Computern hatte. Er erinnerte sich an Paukerl, der ihm vor einigen Jahren erklärt hatte, dass dieses Wissen durch Lernen und gezielte Übung genauso beherrschbar sei wie das Ausfüllen eines Strafmandats, dennoch war es ihm gelungen, sich vor Kursen und Seminaren zu drücken. Er brauchte diesen neumodischen Krempel nicht. Obwohl es gut war, wenn jemand sich damit auskannte.

»Macht einmal eine Pause«, rief er. »Will jemand Kaffee?«

»Bloß nicht«, stöhnte Weiner. »Lieselotte würde sich schön bedanken, wenn ich die ganze Nacht senkrecht im Bett stehe.«

Konstanze verneinte ebenfalls.

»Nun, ich brauche einen, und dann erzähl ich euch das Neueste.«

»Also …« Felber nippte etwas vorschnell an seinem heißen Kaffee und verzog kurz den Mund. »… ich kenne jetzt mit großer Sicherheit den Namen des zweiten Opfers. Guido Holtzl heißt er. Neffe von dem Mann, bei dem ich gerade war. Er sollte in einigen Jahren die Firma übernehmen, war aber, so scheint es mir, davon nicht sehr begeistert. Alfred, Konstanze, ihr müsst noch einmal eure Maschinen quälen, wir brauchen alles, was ihr über ihn findet. Tut mir leid.«

Sehr begeistert darüber zeigten sich die beiden nicht, und er versuchte, ihnen Trost und Optimismus zuzusprechen, als sein Telefon läutete.

»Günter, zu mir!«, schnarrte Paukerl und legte sofort wieder auf.

»Der Chef!« Felber zuckte mit den Schultern. »Ihr werdet sehen, bald können wir mit der richtigen Ermittlungsarbeit beginnen.«

Felber riss die Türe zu Paukerls Büro auf und spähte schnell in alle Ecken. Eine Angewohnheit, die er sich zugelegt hatte, seitdem sein Intimfeind Oberst Pelzer ihn zweimal trotz seiner Erfolge gemaßregelt hatte.

»Wie oft soll ich dir noch sagen, Günter, dass Anklopfen eine Sache der Höflichkeit ist«, erregte sich Paukerl wie immer.

Zwischen beiden war das schon wie ein Ritual.

»Entschuldige, Chef!«, antwortete Felber. Auch das gehörte zu diesem Brauch.

»Na ja, schon gut«, knurrte der Chefinspektor. »Sag einmal, kommt ihr in diesem Fall weiter, gibt es was Neues? Weißt eh, der Bürgermeister liegt mir damit ständig in den Ohren, jede Stunde ruft er an, will wissen, wie wir vorankommen. Das ist lästig, verdirbt mir den Appetit, zerrt an meinen Nerven.«

»Wir tun, was wir können, Chef, das weißt du. Zumindest haben wir das zweite Opfer mit einiger Sicherheit identifiziert, es handelt sich um Guido Holtzl, Neffe vom Chef der Firma Schloss-e-tex.«

»Das auch noch«, stöhnte Paukerl und schlug die Hände vor sein Gesicht. »Zwei so prominente Namen. Das ist eine Katastrophe!«

Felber schwieg.

»Die Presse!«, rief Paukerl mit einem Mal. »Stell dir vor, was es da für einen Rummel gibt, wenn die das erfahren. Wir sollten die Sache unter Verschluss halten, Günter.«

»Ich weiß nicht, ob das so eine gute Idee ist, Chef. Was glaubst du, wie wir dastehen, wenn wir alles verschweigen? Irgendwann bekommen die Pressefritzen es ja doch heraus und dann: Gute Nacht.«

»Nein, nein, im Moment keine Konferenz, keine Aussendung, das ist mir zu heiß.«

»Deine Entscheidung, Chef, war es das?«

Paukerl nickte mit gedankenverlorenem Blick.

5. Kapitel

Am nächsten Morgen wartete Felber nervös vor Doktor Kudlichs »heiliger« Halle auf Bürgermeister Pruger. Gerne hätte er auch Firmenchef Holtzl dabeigehabt, er wollte beobachten, wie sich beide bei der Identifizierung verhielten, ob es Unstimmigkeiten zwischen ihnen gab, eine versteckte Feindseligkeit, aber Holtzl schützte eine Sitzung vor, die er nicht absagen könne, und versprach, zwei Stunden später zu kommen.

Damit war Felbers Vormittag ausgebucht, doch das störte ihn nicht sehr. Es war auf jeden Fall besser, als im Büro zu sitzen, wartend, dass ihm eine Idee zuflog.

Der Bürgermeister verspätete sich, und als er mit Riesenschritten zu Felber eilte, sah er immer wieder auf seine Uhr.

»Tut mir leid«, sagte er keuchend und seufzte, »Sie glauben ja nicht, was es für einen Aufwand bedeutet, eine Stadt mit über zwanzigtausend Menschen zu leiten. Immer geschieht etwas, immer wird man auf Trab gehalten, vierundzwanzig Stunden sind für einen Tag viel zu kurz. Glauben Sie mir, gerne würde ich mich einmal für ein, zwei Stunden zu einem Heurigen setzen, um auszuspannen, aber – keine Chance.« Pruger lachte kurz auf. »Höchstens, es wartet dort ein Geburtstagskind, oder ein Verein hält seine Jahresversammlung ab.«

Der Bürgermeister sah Felber ernst an.

»Lachen Sie nicht, das sind Tatsachen. Und trotzdem führe ich meine Arbeit gerne aus, ich mag die Menschen. So, genug geplaudert, da drinnen wartet jemand auf uns. Obwohl derjenige, im Gegensatz zu uns, alle Zeit der Welt hat.«

Ganz so war es natürlich nicht, Pruger zeigte sich trotz seiner Sprüche langsam nervös. Auch Doktor Kudlich klopfte gereizt mit seinen Fingern auf die Tischplatte und schielte immer wieder auf die Flasche seines Dirndlschnapses.

Dann ging es schnell. Die Lade des Kühlfaches wurde herausgezogen, das Leichentuch entfernt. Pruger starrte auf das wachsbleiche Gesicht seines Bruders und nickte.

»Ja, das ist er«, sagte er mit belegter Stimme. »Können Sie mich kurz allein lassen?«

Kudlich und Felber zogen sich zum Schreibtisch des Doktors zurück. Mit einem Seufzer der Erleichterung ließ der Pathologe sich auf dem Sessel nieder, Felber lehnte sich an die Schreibtischkante.

»Das ist einmal erledigt«, meinte der Doktor und griff nach der heißgeliebten Schnapsflasche, »dir kann man das ja noch immer nicht anbieten, oder?«

Felber schüttelte heftig den Kopf. »Du weißt, was ich davon halte. Alkohol ist für die Abendstunden reserviert und dann nicht in so konzentrierter Form.«

Kudlich stieß ein meckerndes Lachen aus. »Ja, ja, musst dich fit halten für deine ehelichen Verpflichtungen, ich verstehe.«

»Die gehen dich nichts an«, erregte Felber sich. »Ich frag dich ja auch nicht, was du und …« Abrupt brach er ab. Obwohl das Rätsel über das Verhältnis des Doktors zu der Chefin der Spurensicherung ständig in seinem Kopf kreiste, das konnte er jetzt nicht zur Sprache bringen, das ging ihn nichts an.

»Wie meinen? Rede weiter, Günter.« Auf Kudlichs Gesicht erschien ein spitzbübisches Grinsen.

»Hab nichts gesagt, Doktor. Aber du solltest reden. Hast du schon etwas über die Todesursache herausbekommen?«

Kudlich wurde wieder ernst.

»Ein interessanter Fall, Günter. Du weißt ja, viele haben es schon probiert, aber mich legt man nicht so leicht herein. Ich muss aber zugeben, hier …«

»Ich bin jetzt so weit«, unterbrach der Bürgermeister. »Wenn das alles war, kann ich ja …« Er blickte auf seine Uhr.

»Selbstverständlich!«, nickte Kudlich.

Siedend heiß fiel Felber plötzlich noch etwas ein. Er hatte Pruger doch auch die zweite Leiche zeigen wollen. Schließlich interessierte ihn, ob der Bürgermeister den Mann kannte, welche Reaktionen er zeigte.

»Einen Moment noch«, rief er hinter Pruger her, der sich schon zum Ausgang hin bewegte.

»Ja?« Unwillig drehte der Bürgermeister sich um.

»Wenn Sie noch schnell einen Blick auf den zweiten Toten werfen könnten? Für die Ermittlungen wäre das sehr hilfreich«, bat Felber und klang dabei sehr unterwürfig.

»Also gut, aber rasch, bitte.« Pruger blickte wieder auf seine Uhr.

»Außerdem müssen wir uns noch einmal zusammensetzen, damit ich mehr über Ihren Bruder erfahre. Vielleicht bei einem Heurigen?«

Jetzt musste der Bürgermeister grinsen.

»Eine gute Idee. Das machen wir. Ich rufe Sie an.«

»Aber so bald als möglich, bitte.«

Doktor Kudlich hatte während dieses launigen Gesprächs, das so gar nicht zu dieser stillen Halle passte, die Kühllade mit dem zweiten Toten herausgezogen.

»Hm!«, brummte Herr Pruger. »Nein, kenne ich nicht. Das Gesicht kommt mir zwar bekannt vor, aber …« Er schüttelte den Kopf. »Ich kann ja nicht jeden einzelnen Bürger unserer Stadt kennen. Das wäre etwas viel verlangt. Tut mir leid.«

»Danke. Es war zumindest einen Versuch wert.«

Felber schüttelte Pruger die Hand und setzte dann noch hinzu: »Sie denken an mich, ja?«

Der Bürgermeister war schon unterwegs und hob winkend die Hand.

»Also, seinen Job möchte ich nicht haben«, stellte Kudlich fest, »immer in Eile sein, gehetzt von Terminen, nie Zeit zum Durchschnaufen zu finden – da ziehe ich meinen Beruf vor, da kann ich über meine Geschwindigkeit selbst bestimmen. Höchstens, es kommt ein gewisser nerviger Inspektor zu mir und will alles über einen Toten wissen, bevor dieser noch auf meinem Tisch liegt.«

»Doktor, du übertreibst wieder einmal maßlos«, grinste Felber.

»Von wegen«, brummte Kudlich, konnte ein Lächeln aber nicht verbergen.

»Du wolltest mir eigentlich was erzählen, als wir unterbrochen wurden«, schlug Felber wieder einen dienstlichen Ton an.

»Da hast du es ja«, Kudlich schlug die Hände zusammen, »schon nervst du wieder. Aber du hast recht. Ich wollte dich in das Geheimnis des Todes einweihen – ich meine, den der beiden Leichen, die nun sanft in ihren Laden schlummern. Wie gesagt, man versucht zwar immer wieder, mich hineinzulegen, gelungen ist es noch keinem. Aber hier – wenn ich nicht die winzigen Einstichstellen in der Nähe des Nabels entdeckt hätte – das Mysterium des Todes, die wahren Umstände ihres Hinscheidens lägen sicher heute noch in der Tiefe der Dunkelheit.«

»Übersetzt du bitte die Poesie deiner Worte so, dass auch ein einfacher Gruppeninspektor sie versteht?«

»Nun, die Laborergebnisse sind zwar noch nicht da, aber die werden meinen Verdacht bestätigen, da kannst du dir sicher sein, Günter. Also noch einmal, in schlichten Worten, die auch du begreifst – bitte, noch ist es ein von mir entworfenes Szenario, aber du wirst sehen, ich liege nicht falsch. Die beiden Männer wurden mittels einer Chemikalie betäubt, ob gleichzeitig oder einer nach dem anderen, das musst du ermitteln, an einen einsamen, ruhigen Ort gebracht, und dort spritzte man ihnen eine gewaltige Überdosis Insulin, die letztlich zu einem allgemeinen Organversagen geführt hat. Erst danach brachte man sie in den Bunker und legte sie, wie Schaustücke drapiert, ab. Ich will dich jetzt nicht mit wissenschaftlichen Fachausdrücken breitschlagen, Günter, und warum und weshalb es dazu kam, ist deiner Phantasie, respektive deinen Ermittlungen vorbehalten. Um alles kann ich mich schließlich nicht kümmern.«

Felber kam sich trotz der beschönigenden und beschwichtigenden Worte Kudlichs geschafft vor. Was es nicht alles gab, mit welchen ausgefallenen Mitteln Mörder arbeiteten, nur damit man ihnen nicht auf die Schliche kam. Da lobte er sich den groben Kerl, der im Jähzorn jemandem den Schädel einschlug, oder den, der sich in seiner Ehre angegriffen fühlte, seine Pistole zog und den Gegner über den Haufen schoss. Solche Fälle konnte man nachvollziehen, verstand sie auch irgendwie, aber hinterlistige Gemeinheiten auszuführen, da gehörte schon etwas dazu. Der Mörder musste ein Irrer sein, durchtrieben und voller Heimtücke. Solche Leute waren schwer zu überführen, zeigten nach außen ein ehrenhaftes Leben, während in ihrem Inneren der Vulkan der Kränkung, der Rache und der Niedertracht brodelte.

Er war froh, dass er noch einige Zeit hatte, diese Erkenntnisse zu verarbeiten, ehe der Firmenchef Holtzl kam.

*

Anders als der Bürgermeister zeigte sich Herr Holtzl tief erschüttert, als er das Gesicht seines Neffen erkannte.

Er nahm seine Brille ab und fuhr sich über die Augen, seufzte tief auf und verlangte dann, auch den Rechtsanwalt zu sehen.

»Ein hochintelligenter, belesener und mit allen Wassern gewaschener Mann«, meinte er, »er besaß nur einen Fehler – Frauen. Wenn eine nur einigermaßen gut aussah, musste er sie haben, um sie kurz danach wieder fallen zu lassen, da eine andere sein Interesse weckte.«

Felber, der dies ja schon von den Aussagen des Bürgermeisters her wusste, wollte mehr über seinen Neffen erfahren.

»Können wir das nicht an einem anderen Ort besprechen«, bat Holtzl, »hier fühle ich mich nicht sehr wohl.«

Felber konnte das verstehen und dachte an die Begeisterung, die Weiner oder Konstanze aufbrachte, wenn er Kudlichs Klause zur Sprache brachte.

»In der Nähe des Spitals gibt es ein kleines Kaffeehaus. Sprechen wir dort«, schlug er vor.

*

Felber war erfreut, aber auch überrascht, wie viel er über diesen unbekannten Toten, der sich als Guido Holtzl herausgestellt hatte, von seinem Onkel erfuhr. Meist ist es doch so, dass man sich in der Verwandtschaft gerade einmal die Geburtstage im Kalender eintrug, um die Gratulationen nicht zu vergessen, ungefähr wusste, welche Schule besucht wurde, und im besten Fall eine Ahnung hatte, wo und welcher Arbeit er nachging.

Holtzl wusste aber jedes kleinste Detail über den Werdegang seines Neffen. So als hätte er ihn überwachen lassen, als wäre ein Dossier über ihn angelegt worden.

Felber fand das übertrieben, es zeugte von gewaltigem Misstrauen, der Verwandtschaft nachzuspionieren, aber vielleicht war dies bei einer Weltfirma nötig.

Holtzl wollte sich dazu nicht näher äußern, vielmehr erzählte er, dass sein Neffe ein Ingenieurstudium abgeschlossen hatte, danach Informatik studierte und zwischendurch den Wehrdienst absolvierte.

»Vergeudete Monate«, seufzte er. Dann sprach er darüber, dass sein Neffe, fasziniert von den neuen Möglichkeiten der 3D-Drucker, in die Medizintechnik einsteigen wollte. »›Was es da für Aussichten gäbe‹, erzählte Guido in schwärmerischem Ton, ›passgenaue Gelenke aus knochenähnlichem Material, Sehnen, Bänder und Adern‹, ja, er sprach auch davon, dass man in nicht allzu langer Zeit sogar ein Herz ausdrucken könnte. Eine Spinnerei, wenn Sie mich fragen«, meinte Holtzl, »und leider wollte er eines nicht – sich mit Schlössern befassen.«

Felber schwieg und rührte in seinem Kaffee.

»Obwohl – ich hatte ihn schon fast so weit, dass er mir und meiner Frau seine Einwilligung gegeben hatte, trotzdem die Firma zu übernehmen. Ich bot ihm an, seine Pläne als zweites Standbein in die Firma einzubringen. Mit unserer weltweiten Reputation hätte er bestimmt weitaus bessere Möglichkeiten gehabt, an seinem Projekt weiterzuarbeiten. Vernetzung ist schließlich in der heutigen Zeit alles.«

»Was Sie da erzählen, klingt ja gruselig«, wandte Felber ein.

»Wem sagen Sie das«, Holtzl verzog sein Gesicht, »Frankenstein lässt grüßen! Ich bin aber überzeugt davon, dass er irgendwann diesen Unsinn aufgegeben hätte. Ein paar Millionen wären zwar futsch gewesen, aber was soll's, die Firma hätte das verkraftet.«

»Nun, darüber müssen Sie sich ja nun keine Gedanken mehr machen.« Wieder einmal trat Felber ins Fettnäpfchen.

»Na, hören Sie!« Holtzl schlug mit beiden Händen auf den Tisch und sah ihn wütend an. »Wollen Sie vielleicht damit andeuten, dass ich …«

»Entschuldigung! Nein, nein«, rief Felber mit rotem Kopf, »so war das nicht gemeint. Manchmal rede ich einfach dummes Zeug. Betrachten Sie es bitte als nicht gesagt.«

»Hrm!« Holtzl schien damit nicht ganz einverstanden zu sein, er schluckte und sagte etwas aufgebracht: »Manchmal fallen Worte, da wünschte man, ein wenig taub zu sein. Aber gut, geschehen ist geschehen, und ich hoffe noch immer, dass Sie der richtige Mann sind, um den Tod meines Neffen aufzuklären.«

»Das werde ich«, versicherte Felber und zögerte kurz. Mit Bedacht wählte er die folgenden Worte: »Es ist sicher nicht leicht für Sie, aber ich muss Ihnen leider noch einige Fragen über einige sehr intime und delikate Dinge stellen.«

»Ich verstehe!«, nickte Holtzl. »Sie meinen sicher das homosexuelle Verhalten von Guido?«

Überrascht blickte Felber hoch.

»Glücklich hat uns dies nicht gemacht«, seufzte Holtzl, »das können Sie mir glauben. Bei verschiedenen Ärzten und Psychologen erkundigte ich mich. Die einen meinen, das sei eine Krankheit, die behandelt werden muss, die anderen sprechen davon, dass diese Art von Liebe in jedem von uns steckt, mal stärker, mal schwächer.« Er lachte hart auf. »Wem würden Sie vertrauen, bei solchen unterschiedlichen, ja, divergierenden Meinungen?«

Felber war ratlos.

»Tja, wir akzeptierten es schließlich, was blieb uns auch übrig? Wir wollten kein Zerwürfnis in der Familie.«

»Sie wissen doch sicher auch etwas über seine Bekanntschaften, hatte er vielleicht eine dauerhafte Beziehung?«

Holtzls Miene verschloss sich.

»Wir wollen nicht unbedingt Aufsehen erregen, Herr Holtzl«, erklärte Felber hastig, »aber um die letzten Tage und Stunden Ihres Neffen nachvollziehen zu können und dadurch dem Täter nahezukommen, wäre es sehr aufschlussreich. Sonst müssen wir blind im Schmutz wühlen, und das ist sicher nicht in Ihrem Sinn.«

Nachdenklich sah der Chef ihn an, dann gab er sich einen Ruck.

»Sie wissen ja, wie die Jugend sich verhält. Ich vergleiche es einmal mit einer Biene. Die schwirrt herum, kostet hier, summt da, bleibt aber nirgends lang. Guido machte es genauso, hauptsächlich aber in Wien, bedingt durch sein Studium. Namen kann ich aber keine nennen. Nicht, dass ich sie verschweigen will, ich weiß sie einfach nicht.«

»Und in Mödling?«, setzte Felber fort. »In letzter Zeit – hatte er da einen fixen Freund?«

»Ich glaube, ja«, antwortete Holtzl zögernd, »aber soviel ich weiß, hat er diese Beziehung vor kurzer Zeit beendet. Es gab irgendwelche Streitigkeiten.«

»Sie wissen nicht zufällig, wer das war?«

»Tut mir leid, das habe ich nie herausbekommen.« Er legte seine Stirn in Falten, »Ich weiß nur eines – der Mann war Rechtsanwalt.«

6. Kapitel

Also doch der Rechtsanwalt. Felber hatte es von Anfang an befürchtet. Hatte Norbert Pruger von dem ewigen Hin und Her mit den Weibergeschichten genug gehabt, wandte er sich deswegen Männern zu, oder war es schlicht seine Veranlagung, die er mit Frauenbekanntschaften kaschierte? Und sein Streit und der Bruch mit Guido hatten derartige Verzweiflung in ihm ausgelöst, dass er nicht anders konnte und ihn umbrach... Halt! Da hatte sich in Felbers Denken ein kleiner Fehler eingeschlichen.

Verzweifelt rieb er sein Kinn. Es wäre naiv und zu einfach gewesen. Natürlich war es denkbar, dass Pruger, zutiefst gekränkt, Guido Holtzl umbrachte und danach aus Verzweiflung Selbstmord beging, wobei es dann schon mehr als akrobatisches Geschick brauchte, sich gegenseitig ein Messer in den Rücken zu rammen. Dies musste also jemand inszeniert haben, der sowohl Pruger als auch Holtzl hasste. Diesen Jemand galt es zu finden.

*

Als Felber frustriert ins Büro zurückkehrte, wurde seine Stimmung gleich nochmals gedämpft. Weiner lehnte, mit den Füßen am Schreibtisch, in seinem Sessel und blickte desinteressiert hoch, als die Tür aufging. Konstanze hatte wenigstens die Füße sittsam am Boden, sie wippte auf zwei Beinen ihres alten

Sessels vor und zurück, und ihre geschlossenen Augen zeugten auch nicht von überströmendem Arbeitseifer.

»Seid ihr schon in Urlaubsstimmung?«, rief Felber und ließ die Türe wie es normalerweise Weiner tat an die Wand knallen.

Konstanzes Sessel und Weiners Füße knallten ebenfalls – auf den Boden.

»Ich brauch einen anständigen Sessel«, beschwerte Konstanze sich, wohl wissend, dass Angriff die beste Verteidigung ist, »mein Hinterteil, das Kreuz, es ist eine Katastrophe.«

Weiner, mit einem Mal auch sehr beflissen, rief: »Wollt ihr einen Kaffee?«

»Später!«, winkte Felber ab. »Jetzt erzählt einmal, was ihr Neues herausgefunden habt.«

»Nun, wir haben verschiedene Frauen und Männer ausfindig gemacht, die wir zu dem Rechtsanwalt aber auch zu dem zweiten Mann befragen können, wenn es wirklich dieser Holtzl ist.« Konstanze setzte ein spitzbübisches Grinsen auf. »Ich habe vorgeschlagen, dass Alfred die Frauen vernimmt, aber Lieselotte hat ihm das verboten.«

»So ein Blödsinn!«, schrie Weiner. »Du wolltest unbedingt die Männer befragen.«

»Geht es euch beiden noch gut?«, reagierte Felber ein wenig ungehalten.

»Nach diesem Tag nicht wirklich«, stellte Konstanze fest. »Gibt es wenigstens bei dir Neuigkeiten?«

Felber schätzte, dass die öde Computerarbeit ihnen den Geist vernebelt hatte. Neuigkeiten hatte er zwar, aber die in dem tristen Büro auszubreiten, fand er für die Belegschaft nicht aufbauend genug.

»Wartet einen Moment!« Er fischte sein Handy aus der Tasche. »Den Bürgermeister, bitte!«, blaffte er noch immer unwirsch. »Nicht? ... Aha ... Wo? ... Danke.« Freundlicher setzte er noch schnell hinzu: »Einen schönen Tag noch.«

Er suchte sein Notizbuch und steckte es ein.

»Packt zusammen«, rief er, »wir besuchen den Bürgermeister.«

»Im Rathaus?«

»Beim Heurigen«, schmunzelte Felber. »Auf geht's.«

*

Während Alfred mit zuckersüßer Stimme seiner Lieselotte am Handy erklärte, dass er aus ermittlungstechnischen Gründen erst später nach Hause kommen könne, erzählte Felber flüsternd Konstanze die Geschichten von Doktor Kudlich, die er bis jetzt vergessen hatte zu erwähnen.

»Alfred tanzte Cha-Cha-Cha?", lachte sie laut los. »Er ist doch als Krüppel zur Feier gekommen.«

»Ja, eine wundersame Genesung, findest du nicht?«, grinste auch Felber.

»Was ist wundersam?«, fragte Weiner, der gerade sein Telefonat beendet hatte.

»Ach … nicht so wichtig.« Felber war es unangenehm, dass sie gerade über seinen Freund gelacht hatten. Schnell suchte er ein anderes Thema.

»Bevor wir gehen, muss ich euch noch auf den neuesten Stand bringen.«

Er berichtete kurz von der Totenbeschau mit dem Bürgermeister und mit Holtzl und schilderte, was der Firmenchef anschließend im Café über seinen Neffen ausgesagt hatte.

»Ha! Es war eine Beziehungstat, wie wir es vermutet hatten«, rief Weiner und klatschte in die Hände, »uns kann man eben nichts vormachen.«

»Schalt ein bisschen dein Hirn ein, Alfred«, tadelte Konstanze, und in Felber kam wieder einmal Stolz auf seine Frau hoch.

»Alfred, du hast vergessen, dass der Auffindungsort nicht der Tatort ist und dass zwei Tote sich nicht gegenseitig in den Rücken stechen können«, erklärte Felber.

Weiner starrte ihn mit offenem Mund an und antwortete dann trotzig: »Es kann trotzdem eine Beziehungstat sein. Jemand Dritter, egal, ob Männlein oder Weiblein, der oder die sich aus enttäuschter Liebe oder nicht gehaltener Versprechungen rächen wollte. Das zweite Opfer war vielleicht nur zufällig dabei und musste deswegen auch ins Gras beißen.«

Jetzt war es Felber, dessen Mund offen stand.

»Gar keine so blöde Idee«, murmelte er schließlich. »So hab ich das noch nicht gesehen. Gratuliere, Alfred, bist ja doch einer meiner Besten.«

»Bevor ihr euch weiter in Theorien verliert, darf ich euch erinnern, dass wir noch etwas vorhaben.« In Konstanzes Stimme klang Enttäuschung mit.

*

Die Sonne meinte es gut an diesem späten Nachmittag. Sie schien mit angenehmer Wärme vom Himmel, auf dem nur vereinzelt kleine Wolken standen. Der richtige Tag, um in einem Gastgarten statt in einem muffigen Raum zu sitzen.

Felber hoffte, dass auch der Bürgermeister es so sah.

Als sie in den Innenhof kamen, entdeckte er den Bürgermeister tatsächlich direkt. An der mit wildem Wein bewachsenen Hausmauer saß er an einem Heurigentisch, neben ihm thronte eine sehr füllige Blondine, beide in ein anscheinend intensives Gespräch vertieft.

War das seine Frau? Felber musste sich eingestehen, dass er keine Ahnung hatte.

Er bemerkte, dass die blonde Frau weinte. Die Wimperntusche zog schwarze Spuren über die dicken Wangen.

Waren sie in einen Ehestreit geraten? Die vielen Tränen deuteten eher auf eine heftige Krise hin.

Unangenehm berührt blickte er seine Begleiter an. Weiner schien das Drama gleichgültig zu sein, mit raschen Schritten steuerte er auf einen Tisch in der Nähe des Bürgermeisters zu. Konstanze ging es eigentlich so wie Felber. Sie zögerte, dann aber zuckte sie mit den Achseln und ging zu Weiner hinüber.

Allein Felber stand wie angewurzelt da. Das Leben kann hart sein, dachte er und bemerkte erst jetzt, dass kein Streit, keine Krise die Ursache des Tränenflusses sein konnte, ihm fiel auf, dass des Bürgermeisters Hand zärtlich über den Rücken der Blondine strich.

Eine Freundin, eine Geliebte, der er gerade eröffnet hatte, dass es aus sei? Das ging ihn nichts an. Obwohl er persönlich es vermieden hätte, so etwas in aller Öffentlichkeit zu tun. Er seufzte und setzte sich nun ebenfalls.

Sie hatten gerade ihre Bestellung aufgegeben, als der Bürgermeister sie entdeckte.

»Setzen Sie sich zu uns«, rief er mit einladender Handbewegung.

Unangenehm berührt machte Felber eine abwehrende Geste, aber wenn der Chef der Stadt rief, musste man folgen.

»Das ist Frau Schöne«, stellte Pruger die Füllige vor.

Also die abgehalfterte Geliebte, dachte Felber. Er schätzte sie auf ungefähr fünfundvierzig Jahre.

Die Dame erhob sich, murmelte etwas von sich zurechtmachen müssen und dass es langsam Zeit für sie wäre zu gehen.

»Wir wollen Sie nicht vertreiben«, rief Weiner wieder einmal vorlaut.

Frau Schöne winkte ab, ging einige Schritte und drehte sich

nochmals um.

»Ich bitte Sie nur um eines. Fangen Sie den Mörder.«

Felber zog überrascht die Luft ein. Was hatte die Geliebte des Bürgermeisters mit dem Rechtsanwalt und Guido Holtzl zu tun?

Arthur Pruger klärte ihn auf.

»Isabell Schöne ist, oder besser, war die Verlobte von Norbert, meinem Bruder. Sie wollten in zwei Monaten heiraten.«

Interessant! Felber dachte an das Lamento des Bürgermeisters, dass sein Bruder viel zu oft seine Freundinnen wechselte. Und plötzlich hatte er eine Verlobte, wollte sogar heiraten?

»Ein Vollweib, finden Sie nicht?«, schwärmte Pruger, »Wenn ich nicht schon verheiratet wäre ...«

Na ja, die Geschmäcker sind eben verschieden, dachte Felber, er selbst würde vor Schreck und mit Herzklopfen aus dem Bett springen, wenn er morgens beim Aufwachen so ein Walross neben sich sah.

Er hatte nichts gegen dicke Menschen, meist waren es freundliche, lustige Leute, mit denen man sich gut unterhalten konnte, aber man musste ja nicht übertreiben.

»Erzählen Sie uns ein wenig über den Werdegang Ihres Bruders«, brachte Felber das Gespräch wieder in seriöse Bahnen.

»Ein ausgefuchster Kerl«, meinte der Bürgermeister und orderte bei der Bedienung noch schnell einen Liter Veltliner, »beinhart und von seiner Überzeugung nicht abzubringen. Außerdem kannte er eine Menge einflussreicher Leute.«

»Wieso ging er dann nicht in die Politik?«, warf Weiner vorlaut ein.

»Das war nichts für ihn«, lachte Pruger, »da müsste er zu viele Kompromisse schließen, meinte er. Die Rechtsanwaltsehre müsste hochgehalten werden, sagte er, da kann man sich nicht einmal nach rechts wenden, und wenn es nicht passt, nach links drehen. Das verabscheute er. Aber so ist es politisch nun einmal, der kleinste gemeinsame Nenner ist das Maß aller Dinge.«

»War er immer schon so, kompromisslos und mit eiserner Überzeugung?«, fragte Konstanze interessiert.

»Bei Gott, nein! Sie hätten nie geglaubt, denselben Menschen vor sich zu haben, wenn Sie ihn von früher her gekannt hätten. In seiner Schulzeit und noch während seines Studiums war er ein Hallodri gewesen. Und faul. Durch und durch faul. Wie er seinen Doktor geschafft hat, weiß ich nicht.«

»Das kenne ich«, nickte Felber, »unreif und voller Träume denkt man nicht an den Ernst des Lebens.«

»Du auch?«, riefen Weiner und Konstanze. »Erzähle.«

»Ihr wollt es gar nicht wissen«, brummte Felber und ärgerte sich maßlos über seine unbedacht hingesprochenen Worte.

»Ah, es fällt mir wieder ein«, rettete Pruger die unangenehme Situation, »Norbert hatte in seiner Studienzeit einen Freund, dem es zu verdanken ist, dass er es durch alle Prüfungen schaffte. Sie wollten damals sogar gemeinsam eine Kanzlei eröffnen. Aber bitte fragen Sie mich nicht, wie der Freund hieß. Walter …? Edgar …? Ich muss gestehen, ich habe keine Ahnung. Irgendwann haben sich dann aber ihre Pläne zerschlagen, und seitdem habe ich nichts mehr von ihm gehört. Norbert schwieg dazu, aber, und das ist interessant, dann begann er, die Karriereleiter hinaufzuklettern.«

»Und in dieser langen Zeit hatte er nie Probleme mit einem Klienten?« Felber fand das unwahrscheinlich.

»Selten.« Pruger schüttelte den Kopf. »Höchstens Kleinigkeiten, die er dann aber rasch und zur Zufriedenheit löste und erledigte.«

Das alles klang fast schon zu perfekt. Felber und seinen Kollegen fiel dazu nichts ein, und für eine kurze Zeit herrschte zwischen ihnen Schweigen.

»Doch!«, rief der Bürgermeister und schlug auf den Tisch. »Wie konnte ich das nur vergessen? Vor nicht allzu langer Zeit hatte er einige unangenehme Scherereien mit einem Klienten. Er vertrat einen Spitalsarzt, Eisler, Hanno, glaube ich. Angehörige hatten ihn wegen eines Behandlungsfehlers verklagt. Der Patient ist verstorben, soweit ich mich erinnere. Diesen Fall hat Norbert verloren, was der Doktor nicht einsehen wollte. Der Eisler hat ihn anscheinend nach geradezu verfolgt und öfter gedroht, ihn fertigmachen zu wollen.«

Felber atmete geräuschvoll aus. Endlich! Das sah nach einer kleinen Spur aus und damit nach einem Hoffnungsschimmer, dieses vertrackte Mordrätsel zu lösen.

»Sonst gab es nie Probleme mit Klienten? Nur zufriedene Kunden? Keine bösartigen Kontrahenten?«

Pruger breitete bedauernd die Arme aus.

»Ich weiß sonst nichts. Da erkundigen Sie sich lieber in der Kanzlei.« Er dachte kurz nach. »Übrigens, wegen diesem Doktor Eisler … Norberts Spezialgebiet war ja, wie Sie wissen, das Wirtschaftsrecht. Herr Eisler wollte aber unbedingt, dass er ihn vertritt. Na ja, aber im Strafrecht gelten andere Regeln, da war der Vertreter der Anklage besser.« Pruger stockte und rief dann: »Glauben Sie, dass der Doktor etwas mit den Morden zu tun hat?«

»Wir wissen es nicht, aber wir werden es herausfinden«, versprach Felber.

7. Kapitel

»Endlich haben wir einen Verdächtigen«, seufzte Konstanze und kuschelte sich an Felber. Die Ereignisse des Tages gingen ihr nicht aus dem Kopf und hielten sie wach, obwohl es schon später Abend war und sie sich beide schon vor einiger Zeit schlafen gelegt hatten. Felber antwortete ihr mit einem zustimmenden Brummen

Mit einem Mal fuhr Konstanze auf.

‚»Diese Verlobte von Pruger«, rief sie. »Die Frau ist mir unheimlich gewesen. Trotz ihrer Tränen und diesem theatralischen Appell ›Finden Sie bitte den Mörder‹ strahlte sie für mich nur Kälte aus. Das waren keine echten Emotionen. Da war keine Liebe. Warum wollte sie Pruger heiraten, frag ich mich.«

»Jeder geht mit solchen Ereignissen eben anders um«, brummte Felber schläfrig.

»Es würde mich nicht wundern, mein Bär, wenn sie in diese Morde verstrickt ist.«

»Na, dann haben wir bereits zwei Verdächtige«, nuschelte Felber und gähnte herzhaft.

»Außerdem ihr gespieltes Selbstbewusstsein – und welcher Mann legt sich freiwillig mit so einer Walküre ins Bett und will sie noch dazu heiraten, ha?«

Entrüstet blickte sie zu ihrem Mann, doch der war bereits sanft entschlummert.

*

Die Sonne lächelte vom blitzblauen Himmel, kein Wölkchen verirrte sich in das Azurblau. Das Wetter war angenehm und mild, so als ob nie ein Mord diese kleine Stadt heimgesucht hätte. Einerseits genoss Felber diesen schönen Morgen, als er mit Konstanze zu Fuß zur Inspektion ging, andererseits kam er immer wieder ins Grübeln, wie er nun in dem Mordfall weiter vorgehen sollte.

Die Kanzlei des Rechtsanwalts Pruger musste noch einmal aufgesucht werden, das verlangte die Existenz von Doktor Eisler, von dem der Bürgermeister gestern erzählt hatte. Konstanze wollte er aber nicht allein hinschicken, er musste selbst dabei sein. Andererseits missfiel es ihm, ohne Begleitung in einem Büro zu ermitteln, in dem hauptsächlich weibliche Mitarbeiter saßen. Da fühlte er sich unwohl. Also musste er Konstanze mitnehmen, und so blieb nur mehr Alfred, den er an diesem herrlichen Tag zur Computerrecherche verdonnern konnte. Da bekam er beinahe ein schlechtes Gewissen, aber es musste sein.

Gefragt waren vor allem Auskünfte über diesen Doktor Eisler, damit dieser bei der Einvernahme, die sie ja unbedingt machen mussten, ihnen nicht das Unschuldslamm vorspielen konnte.

Nach der gestrigen Diskussion mit Konstanze wollte er auch Isabell Schöne nicht aus den Augen lassen. Seine Frau hatte schon früher mit ihren Ahnungen oft recht behalten.

Damit hatte er Alfred genügend Arbeit aufgehalst. Vielleicht konnte er sich noch um den Bericht der Spurensicherung kümmern und dann … Hoppla – war er denn schon total vertrottelt? Der Theaterdirektor, den musste Alfred als Erstes befragen, ihn in die Zange nehmen und ihn ausquetschen. Dafür war sein Freund bestens geeignet, er hatte es eh nicht so mit der Diplomatie. Großen Schaden konnte dieser dabei nicht anrichten, denn, so meinte Felber, es war sehr unwahrscheinlich, dass der Direktor etwas mit der Sache zu tun hatte. Aber genauer befragt musste er werden.

*

Die Sekretärin oder, wie Konstanze sie nannte, Empfangsdame hatte sich vom Schock über den Tod ihres Chefs noch immer nicht erholt. Ihr geschäftsmäßiges Lächeln, als sie beide vor ihren Tisch traten, empfand Felber mehr wie ein Zähneblecken.

Nein, erklärte sie auf Konstanzes Frage, sie habe doch schon das letzte Mal erklärt, sie wisse nichts von Feinden, von unzufriedenen und vielleicht hasserfüllten Klienten. Der Herr Doktor war ein netter, freundlicher und erfolgreicher Mann, dem niemand Böses wollte. Das klang ein wenig hölzern und aufgesetzt.

Felber hielt sich diskret im Hintergrund und überließ Konstanze die Gesprächsführung.

»Ganz so, meine Liebe, dürfte es ja doch nicht gewesen sein. Vergessen Sie einmal die Firmendiskretion«, sagte sie in sanftem Ton. »Sie wollen doch auch, dass der Mord aufgeklärt, der Schuldige gefunden und verurteilt wird, habe ich recht?«

Die Sekretärin nickte.

»Na, dann erzählen Sie einmal. Wie war das mit dem Doktor Eisler?«

Die Frau wurde blass, stotterte und brachte kein klares Wort heraus. Konstanze sprach beruhigend auf sie ein und streichelte ihre Schulter.

Das Zauberwort »Eisler« schien die Schleusen zu öffnen. Die Frau rief nach einer Maria und bat die beiden nach nebenan in ein kleines Büro.

»Sie wissen von dem Dilemma mit Doktor Eisler? Für unseren Chef war das so unangenehm. Norbert wollte ihn ja nicht vertreten, schließlich ist Strafrecht nicht die Sparte, in der er sich bestens auskennt, aber der Doktor beziehungsweise der Klient, der ihn an uns verwiesen hat, bestand darauf.«

»Das heißt, Herr Eisler kam nicht von sich aus zu Ihnen, sondern Sie wurden von jemandem empfohlen, beziehungsweise von demjenigen darum gebeten, die Vertretung zu übernehmen? Wer war das?«, mischte Felber sich nun in das Gespräch.

Die Sekretärin zierte sich. »Ich weiß nicht, ob ich Ihnen das sagen kann«, meinte sie.

»Oh doch, das können Sie«, sagte Felber hart und schnell. »Das hat nichts mit Ihrer Verschwiegenheitspflicht zu tun.«

Ob dem tatsächlich so war, bezweifelte selbst er, aber einen Versuch war es wert.

»Nun, wir haben hier im Mödling eine sehr große Firma, die wir beraten«, sagte die Frau und schwieg betreten.

Felber hatte einen Geistesblitz. »So, so, Herr Holtzl wollte unbedingt, dass Herr Pruger den Doktor vertrat?«

Die Sekretärin starrte ihn mit offenem Mund an. »Woher ...?«

»Hat mir ein Mäuschen ins Ohr geflüstert.« Felbers Antwort klang sehr salopp.

»Wenn Sie eh schon alles wissen ...«

»Alles weiß ich eben nicht. Deshalb fragen wir ja Sie. Ich habe gehört, dass Doktor Eisler mit dem Urteil nicht einverstanden war.«

»Das kann man wohl sagen«, erklärte die Frau und verzog ihren Mund, »der hat uns hier terrorisiert, hat herumgeschrien in der Kanzlei und wurde beinahe handgreiflich. Norbert hat ihn dann hinausgeschmissen und empfohlen, sich für die Revision einen anderen Anwalt zu suchen.«

»Das war es?« Felber hoffte, dass dem nicht so war.

»Gott bewahre, wir haben noch einige Zeit per E-Mail Drohungen erhalten. Er wolle die Kanzlei und vor allem Norbert vernichten, seine Karriere zugrunde richten und so weiter.«

Felber schwieg, aber Konstanze fiel noch etwas ein.

»Wieso hat Herr Holtzl eigentlich so darauf gedrängt, dass Ihr Chef den Doktor vertritt, sind er und Eisler so eng miteinander?«

Die Sekretärin zog die Stirn kraus.

»Ich glaube nicht. Soweit ich weiß, kennen sie sich nur vom Golfplatz. Wir erledigen ja alle rechtlichen Sachen zur vollsten Zufriedenheit für Herrn Holtzl, also die Firma Schloss-e-tex. Er dachte wahrscheinlich, dass Herr Eisler hier gut aufgehoben ist. Na ja, das war halt leider nicht der Fall.«

Felbers Gedanken rasten. Da hatten sie ja einen wunderbaren Verdächtigen. Ob Holtzl ebenfalls darin verwickelt war und wie sein Neffe dazu passte, mussten sie jetzt ermitteln.

»Das war es dann fürs Erste«, wollte Felber sich verabschieden, doch dann fiel ihm noch etwas ein. »Sagen Sie, wie geht es jetzt mit der Kanzlei weiter? Müssen Sie zusperren?«

Das erste Mal zeigte sich ein Lächeln auf dem Gesicht der Frau.

»Nein. Wir haben Glück. Wir haben jemanden gefunden, der die Nachfolge antritt. Stellen Sie sich vor, dieser Jemand war sogar Studienkollege von Norbert. Es gibt Dinge, die gibt's nicht.«

»Nur der Gründlichkeit halber, können Sie uns den Namen verraten?«

»Warum nicht?! Ist ein guter Mann, war auch schon Richter. Waldemar Hirsch ist sein Name.«

*

Zurück in der Inspektion fand sich keine Spur von Alfred Weiner. Wie zu erwarten, ärgerte das Felber maßlos. Wo trieb sich dieser Kerl nur herum? Dabei hatte er ihm so viel Arbeit aufgehalst, dass er noch bis Mitternacht hier sitzen müsste. Diese Disziplinlosigkeit kam in letzter Zeit öfter vor, besonders seit er befördert worden war und, vor allem, nach seiner Heirat. Das konnte er nicht durchgehen lassen, der Chef war immerhin noch er. In diesen Ärger schlichen sich noch einige Befürchtungen mit ein, denn Oberst Pelzer war dafür bekannt, dass er nichts mehr hasste als solche kleinen Verstöße gegen die Dienstordnung.. Wie groß seine Rache dann war, dafür gab er selbst das beste Beispiel ab.

Er musste Alfred davor warnen, schließlich hatte er jetzt eine Ehefrau und, wer wusste das schon, bald auch einige schreiende Bälger zu versorgen.

Das Wort »Kinder« drängte vor seine Augen, das Herz begann, schneller zu klopfen, aber damit wollte er sich jetzt nicht beschäftigen, schließlich sollten sie einen Mörder fangen. Wenn der Fall einmal abgeschlossen war, konnte er mit Konstanze vielleicht darüber reden, aber nicht jetzt. Aufgeschoben ist schließlich nicht aufgehoben, und nun Schluss mit diesen Gedanken.

Konstanze befasste sich mit der schriftlichen Aufarbeitung ihrer Notizen und bekam das ärgerliche Grummeln ihres Mannes kaum mit.

Felber setzte sich an seinen Schreibtisch, kratzte sich am Kopf und überlegte, wie er am besten zu der Adresse oder Telefonnummer dieses Doktors Eisler kam.

Die Türe krachte gegen die Wand. Natürlich Alfred. Felber hob gar nicht den Kopf, überlegte, ob er gleich mit einer geharnischten Predigt beginnen sollte, um anschließend seine Warnung wegen Pelzer einfließen zu lassen. Der Duft nach frischem Kuchen stieg in seine Nase. Jetzt blickte er doch auf. Weiner stand mit einem Tablett voll beladen mit Marillenkuchen im Zimmer.

»Ihr seid schon da? Entschuldigt, ich bin nur noch kurz nach Hause gelaufen, Lieselotte rief mich an, gerade als ich mit dem Theaterdirektor noch einmal über das Auffinden der Leichen sprach. Sie müsse jetzt zur Arbeit, aber im Backrohr warte ein Marillenkuchen aufs Fertigwerden. Da hätten wir ein herrliches Nachtmahl, meinte sie. Aber das habe ich ihr schnell ausgeredet. Brrr, Kuchen zum Abendessen, grauslich. Deswegen hab ich ihn mitgebracht. Um unsere schwere Arbeit ein wenig zu versüßen.«

Die Wut über Alfreds Eigenmächtigkeiten war bei Felber schlagartig verschwunden.

»Du warst beim Theaterdirektor? Sagt er was Neues?«

»Später, Günter, ich hol uns noch schnell Kaffee.«

Die Arbeit war vergessen.

»Herrlich!«, schwärmte Felber. »Sag, wo hat Lieselotte so gut Kuchen backen gelernt? Im Sacher, beim Demel? Ein wahres Gedicht.«

»Na, na«, mampfte Konstanze mit vollem Mund ein wenig beleidigt, dabei hatte auch sie bereits das dritte Stück in der Hand.

»Von ihrer Mutter.« Weiner zuckte mit den Schultern. »Soweit ich weiß, hat sie das aus der Wachau.«

»Ich brauch das Rezept«, stellte Konstanze fest und kaute nachdenklich. »Nein! Lieber doch nicht. Der Kuchen ist meiner Figur sicher abträglich. Dann muss ich bestimmt noch mehr laufen und walken.«

»Und an mich denkst du nicht?«, beschwerte Felber sich.

»An dich noch mehr«, entgegnete Konstanze mit einem bezeichnenden Blick auf seine Leibesmitte.

»Ich hab schon wieder einige Deka abgenommen«, entrüstete Felber sich, »bald schau ich aus wie ein Zahnstocher.«

Mittlerweile war das Kuchenblech leer bis auf ein Stück, das einsam dort lag. Alle blickten sehnsüchtig hin, aber keiner traute sich, es zu nehmen.

Felber sprang auf. »Hat jemand ein Messer? Wir müssen es dritteln, sonst verstaubt es hier herinnen noch. Wäre doch schade.«

Nachdem auch das letzte Kuchenstück seine Bestimmung gefunden hatte, gab Felber sich einen Ruck und begann, sich wieder auf ihre Arbeit zu konzentrieren.

»Also, Alfred, was hast du aus dem Theaterdirektor herausbekommen?«

Im Prinzip bleibe dieser bei seiner ersten Aussage, fing Weiner an, er wollte die Szenenfolge des neuen Stückes festlegen, wo Dekorationen zu stehen hätten und wie der Weg der Zuseher zu führen sei. Angeblich sei das immer ein wenig anders und hänge mit dem Stück zusammen.

»Und dann beschwerte er sich darüber, dass seine Inspiration zum Teufel gegangen ist, nachdem er die beiden Leichen aufgefunden hatte. Wahrscheinlich gibt er uns die Schuld daran. Aber ich war trotzdem ziemlich hartnäckig.« Alfred begann zu kichern. »Als ich ihn fragte, warum er ausgerechnet an diesem Donnerstag in den Bunker ging, sah er mich starr an und meinte dann: ›Vielleicht, weil ich gerade Zeit hatte?‹ Was macht ein Theaterdirektor schon den lieben langen Tag, bevor er sich abends in die Kassa setzt?«

»Du bist irgendwo im vorigen Jahrhundert stecken geblieben, Alfred.« Felber versuchte, den Experten zu mimen, obwohl er das Theater nur vom Hörensagen kannte. »Heutzutage hat jeder Direktor, vor allem wenn er auch noch Regie führt, so wie unserer, jede Menge zu tun, also da hat er schon recht mit der Zeit.«

»Ich seh das nicht ein.« Alfred blieb stur. »Dass er ausgerechnet an diesem bestimmten Donnerstag in die Katakomben stieg, um zwei Tote zu finden, kommt mir schon sehr verdächtig vor. So als ob ihm das jemand angeschafft hätte.«

»Purer Zufall, Alfred!«, versuchte Felber, ihn zu beruhigen.

»Wenn du es sagst, Günter«, blieb Weiner auf seiner Linie, »ich hab jedenfalls weitergebohrt, und da wurde der Direktor fuchsteufelswild, meinte, dass er nichts mehr sage, und verwies mich an seinen Rechtsanwalt.«

»Ah, da schau her«, wunderte Felber sich, »hat er vielleicht doch etwas zu verbergen? Und wer ist dieser Anwalt?«

»Sein Name ist …«, Alfred blätterte in seinem Notizbuch, »Waldemar Hirsch. Kenn ich nicht.«

*

Rechtsanwalt hätte man werden müssen, nicht Polizeibeamter, dachte Felber. Norbert Pruger besaß eine sehr gut gehende Kanzlei, hatte einen hervorragenden Ruf besessen, wenn man von dem Fall »Doktor Eisler« absah, und bewegte sich in den besten Kreisen. Dem Waldemar Hirsch schien es ähnlich zu gehen, obwohl er von diesem noch nie etwas gehört hatte. Immerhin war er der Anwalt des Theaterdirektors und übernahm jetzt die Kanzlei von Pruger. Daneben vertrat er sicher noch eine Menge anderer Klienten.

Ich habe den Beruf verfehlt, dachte er und ärgerte sich ein wenig. Doch dann fiel ihm ein, dass ihm schon auf der Polizeischule die Paragraphen und Gesetzestexte auf die Nerven gegangen waren, er sie nur mit Widerwillen gebüffelt hatte und in der Praxis lieber den Hausverstand einsetzte, als unverständliche Vorschriften buchstabengetreu zu erfüllen.

Was dabei herauskam, sah man zwar an den Vorhaltungen des Oberst Pelzer, der ihm eine Beförderung verweigerte. Aber das änderte nichts an seiner Einstellung, und darauf war er eigentlich recht stolz.

8. Kapitel

»Sag, wo liegt eigentlich der Bericht der Spurensicherung?« Felber hatte genug von Befragungen, er wollte in Ruhe Aktenstudium betreiben, sich ein bisschen aus der Hektik ausklinken.

»Hab ich auf deinem Tisch deponiert.« Alfred blickte kurz von seinem Bildschirm hoch, dann lehnte er sich in seinem Sessel zurück und begann zu grinsen. »Ist wohl in deinen Aktenbergen versunken. Du solltest dich wirklich einmal dazu aufraffen, den ganzen Krempel aufzuarbeiten.«

Wie immer, wenn Felber auf sein Schreibtischgebirge angesprochen wurde, lag ihm eine scharfe Antwort auf den Lippen, doch dann musste auch er lächeln.

»Das wirst du nie erleben, Alfred, denn jedes Mal, wenn ich den Vorsatz fasse und damit beginne, geschieht ein Mord. Das muss vermieden werden, wir haben schon genug zu tun.«

»Günter hat recht«, mischte nun auch Konstanze sich ein. »Wir sollten erst einmal diesen Fall aufklären. Wenn uns dann irgendwann fad wird, kann er ja beginnen, den Berg abzubauen.«

Diese Art, Morde zu verhindern, konnte man beinahe in das Kapitel »Esoterik« einreihen, aber Felber war fest davon überzeugt.

Nach einigem leisen Fluchen fand er den Akt, ohne ein Erdbeben auszulösen.

Seufzend lehnte er sich zurück und begann zu blättern. Viel Neues und Interessantes glaubte er nicht herauslesen zu können, doch dann stieß er auf die Blutanalysen, aus denen eindeutig hervorging, dass nicht nur die beiden Opfer, sondern auch ein Dritter, ein Unbekannter, Spuren hinterlassen hatte.

Felber fuhr hoch. Das war der Beweis, jetzt hatten sie den Täter. Seine Euphorie bekam aber sofort einen Dämpfer. Woher sollten sie Vergleichsmaterial bekommen? Er glaubte nicht, dass jede der involvierten Personen sich freiwillig einem Test unterziehen würde. Und dann, nachdem im Bunker jedes Jahr ein Theaterstück aufgeführt wurde, konnte das Blut genauso von einem Schauspieler oder Handwerker stammen. Das war zwar unwahrscheinlich, aber nicht vollkommen auszuschließen.

Ein wenig verzweifelt blätterte er weiter. Und tatsächlich – es gab noch eine weitere Überraschung.

Zwei Fußspuren, also eigentlich Schuhspuren, waren dokumentiert. Die eine zeigte eine profilierte Sohle, an der im Bereich der kleinen Zehe ein Stück Stollen fehlte, was auf festes Schuhwerk hindeutete, die andere war glatt, was an leichte Straßenschuhe denken ließ. In der Mitte zeigte sich eine Unschärfe, die man als Loch in der Ledersohle interpretieren konnte.

Die Messer, so las er weiter, waren einfache Küchenmesser mit Sägezähnen, wie man sie zu Dutzenden im Geschäft kaufen konnte, Klingenlänge zwanzig Zentimeter. Da musste man schon mehr als Glück haben, um sie jemandem zuordnen zu können.

Aufgrund seiner immer mehr zunehmenden Vergesslichkeit fasste er diese Erkenntnisse in knappen Worten zusammen und schrieb sie auf.

Das war natürlich Unsinn, er merkte sich doch alles, aber seit er und Doktor Kudlich bei ihren verschiedenen Gesprächen immer wieder etwas Wichtiges vergessen hatten und ihnen erst im Nachhinein Fragen, die nicht gestellt wurden, einfielen, wollte er auf Nummer sicher gehen. Nur zu seiner eigenen Beruhigung.

Also schrieb er:

Tote drapiert (Schaustück) – Auffindungsort nicht Tatort – kleine Blutspuren den Opfern zugeordnet – möglich, dass der Täter sich selbst verletzt hat (dritte Blutspur) – kaum zu finden – Täter muss anders ermittelt werden – bei Überführung Blut- und Schuhvergleich – da zwei Schuhabdrücke, vielleicht zwei Täter?

Er stieß die aufgestaute Luft aus. Eigentlich war das nicht sehr viel, was sie bei ihren Ermittlungen weiterbringen konnte. So gut wie gar nichts. Dazu gab es keine Verdächtigen – oder waren es zu viele? Wenn er an die Namen dachte, die in den Fall involviert sein konnten. Plötzlich brach ihm der Schweiß aus. Bürgermeister, Weltfirmenchef, Frauen, Ärzte, Theaterdirektoren …

Felber schreckte hoch. Ihm war gerade etwas eingefallen.

»Alfred, habt ihr eigentlich damals … du weißt schon, als wir die Leichen gefunden haben … ihr wolltet doch dem Direktor zum Vergleich das Schuhprofil abnehmen … ist das passiert?«

»Jetzt triffst du mich am falschen Fuß, Günter.« Weiner wurde aus Verlegenheit rot. »Der Direktor hatte ja keine Zeit, war kurz angebunden, und Paukerl ließ ihn gehen. In der ganzen Hektik hab ich dann darauf vergessen.«

»Du willst damit andeuten, dass der Chef schuld ist, richtig?«

»Na ja, ein bisschen schon, aber ich hätte daran denken müssen, zumindest am nächsten Tag, aber du weißt eh …«

»Ja, ja, frisch verheiratet … da hat man anderes im Kopf als Schuhe von Theaterdirektoren«, höhnte Felber.

»Haha, sehr witzig. Aber weißt du, was, Günter? Ich besuche den Direktor jetzt gleich noch einmal. Hab sowieso ein Hühnchen mit ihm zu rupfen.«

Felber starrte vor sich hin. War das zielführend? Sie hatten doch noch andere Leute zu befragen, die noch nie in den Genuss einer polizeilichen Einvernahme gekommen waren.

»Ja, tue das«, rief er entschlossen, »dann können wir wenigstens einen Punkt abhaken.«

*

Er wollte sich als Nächsten diesen Doktor Eisler vorknöpfen. Aus irgendeinem Grund fiel ihm aber Isabell Schöne, die angebliche Verlobte und Braut des Anwalts Pruger, ein. Konstanze hatte bei dieser Frau kein gutes Gefühl. Warum, konnte er sich nicht erklären. Für Sympathie oder Antipathie hatten sie diese Frau doch viel zu kurz gesehen. Ein Gespräch im eigentlichen Sinne hatte ja nicht stattgefunden. Er wunderte sich einfach, dass ein Mann wie Norbert Pruger, der alle paar Tage ein anderes weibliches Wesen abschleppte, eine Walküre wie Isabell Schöne heiraten wollte. Welche Vorzüge besaß diese Frau? Lag es an Geld, an Macht, oder besaß sie Einfluss auf prominente Persönlichkeiten?

Dann noch dieser theatralisch vorgebrachte Satz, den sie bei ihrem ersten und einzigen Treffen beim Heurigen gesagt hatte: »Bitte, finden Sie den Mörder!« Allein dieser machte sie auch in seinen Augen verdächtig.

Dennoch entschloss er sich, mit Konstanze zu Doktor Eisler zu fahren und Weiner Frau Schöne zu überlassen. Alfred konnte weiblichen Wesen gegenüber viel härter auftreten, als er es je schaffen würde.

Felber empfand das als weise Entscheidung und nahm erleichtert den Telefonhörer ab, um Doktor Eisler anzurufen.

*

Die Straße führte bergan an alten Villen und modernen Einfamilienhäusern vorbei. Auf der anderen Straßenseite wucherten Wald und Gebüsch, abgelöst durch weitflächige Wiesen, aus denen, fast am höchsten Punkt des Hügels, trutzig eine Burg in den Himmel ragte.

Burg Liechtenstein sah immer noch beeindruckend aus, obwohl sie schon beinahe eintausend Jahre auf dem Buckel hatte, oder auch siebenhundert Jahre, so genau wusste Felber das nicht. Genutzt hatte es ihr damals, zu den Zeiten der Türkenbelagerungen aber auch nicht, sie war wie viele andere Festen der Umgebung erobert und gebrandschatzt worden.

Felber wusste das von einem geschichtsbegeisterten Lehrer, der das in der Schule anschaulich und euphorisch vorgetragen hatte.

Sie mussten rechts in eine Gasse abbiegen, wo sich Einfamilienhaus, Villa und Bungalow aneinanderreihten.

Das Anwesen von Doktor Eisler war ein moderner Klotz, der sich nur schwer in die verspielte Architektur der anderen Häuser einfügte.

Ein Schild neben der Türe zeigte, dass der Doktor nicht nur im Spital arbeitete, sondern hier auch eine Privatpraxis betrieb. Natürlich nicht für Kassenpatienten. »Facharzt für Interne Medizin« konnte Felber entziffern, darunter befanden sich etliche weitere Ausdrücke, die ihm spanisch vorkamen, obwohl er wusste, dass die Fachsprache Latein war.

Der Doktor schien auf sie gewartet zu haben, denn unmittelbar nach dem ersten Glockenton öffnete sich die Eingangstüre.

Eisler war ein kleiner dünner Mann mit kantiger Nase und scharfem Blick. Konstanze tastete zur Sicherheit nach Felbers Hand.

Die Mundwinkel des Doktors verzogen sich zu einer Grimasse, die wahrscheinlich ein Lächeln sein sollte.

»Ich habe Sie schon erwartet, kommen Sie herein.«

Überraschend, wie sonor und volltönend seine Stimme war.

»Was führt Sie wirklich zu mir?« Er blickte Konstanze an. »Um das gleich einmal klarzustellen, ich bin kein Gynäkologe.«

War das ein mieser Scherz, oder sah der Doktor etwas, das allen anderen verborgen blieb? Felbers Herz begann, heftig zu schlagen.

»Sie wissen doch genau, weswegen wir hier sind, mein Herr«, entgegnete Konstanze schnippisch.

»Machen wir es kurz«, riss Felber die Führung an sich. »Wir haben einige Fragen an Sie, die von eminenter Wichtigkeit sind. Wo können wir uns ungestört unterhalten?«

Dem Arzt schien sein schlechter Witz nicht bewusst zu sein. Oder er behandelte Leute, die seiner Meinung nach weit unter ihm standen, alle so. Felber fiel noch eine andere Möglichkeit ein. Er hatte einmal von einem Restaurant gelesen, dessen Personal mit rüdem Ton und Affektiertheit die Gäste beleidigte. Jeder wollte einmal in diesem Lokal gewesen sein, das Geschäft boomte. Vielleicht behandelte der Doktor seine Patienten auf die gleiche Art, um seinen Umsatz zu heben?

Bei ihnen konnte er aber jedenfalls so nicht punkten, hier stellte er die Fragen, wenn es sein musste, auch in barschem Ton.

»Eigentlich habe ich Ihnen nichts zu sagen«, meinte Eisler und verdrehte die Augen. »Aber gut, kommen Sie.«

Er führte sie in eine Art Wartezimmer, ausgestattet mit hellen ledernen Sitzgruppen. An den Wänden hingen abstrakte Gemälde in kräftigen Farben, und im Hintergrund ertönte sanfte, einschmeichelnde Musik aus verborgenen Lautsprechern. Da könnte man glatt einschlafen, dachte Felber, als er in den weichen Polstern versank.

»Also, worum geht es?«, riss Eisler ihn aus seiner Beschaulichkeit.

»Um Rechtsanwalt Pruger.«

Doktor Eisler verzog sein Gesicht. »Der? Dieser Narr, dieser unfähige Idiot. Dem hätte man schon längst seine Befähigung entziehen müssen. Hat er mich angezeigt?« Eisler schäumte und bediente sich nicht gerade einer noblen Sprache.

»Er ist tot«, sagte Felber nüchtern, »ermordet, und wir wollen von Ihnen wissen, ob Sie etwas damit zu tun haben.«

Eislers Mund stand offen. »Bitte?«, krächzte er. »Wie kommen Sie auf ... wir hatten eine Meinungsverschiedenheit, die mich viel Geld gekostet hat, aber ihn deswegen ... Sie phantasieren sich da eine saublöde Idee zusammen. Mein Gott, der Rechtsstaat liegt wirklich schon in den letzten Zügen.«

Was der Rechtsstaat unmittelbar mit ihrer Mordermittlung zu tun haben könnte, war Felber nicht ganz klar.

»Da Ihre sogenannte Meinungsverschiedenheit ziemlich heftig war«, mischte Konstanze sich ein, »und das brauchen Sie gar nicht bestreiten, dafür gibt es genügend Zeugen, müssen wir Sie als Tatverdächtigen befragen. So funktioniert eben unser Rechtsstaat«, fügte sie noch ironisch hinzu.

Doktor Eisler war aufgesprungen und durchmaß mit hektischen Schritten das Zimmer.

»Das ist doch lächerlich!« Er blieb vor ihnen stehen und starrte sie wütend an. »Ich bin Arzt, ich habe einen Eid darauf geschworen, Leben zu erhalten, nicht, sie zu beenden. Sie sollten sich die Geschäfte des sauberen Herrn Pruger ansehen, dann werden Sie schnell auf den Mörder stoßen.«

»Das werden wir auch tun, Herr Doktor«, versuchte Felber zu besänftigen.

»Aber es ist auch so, dass die Todesursache darauf hindeutet, dass der Täter über medizinische Kenntnisse verfügen muss«, goss Konstanze noch ein wenig Öl ins Feuer.

Nun war vom noblen Image des Doktors nichts mehr übrig.

»Scheiße!«, rief er grollend. »Die kann man sich heutzutage doch über jeden Internetanschluss holen.«

»Wollen wir die Emotionen wieder ein wenig zurückschrauben, Herr Doktor? Setzen Sie sich. Wir müssen Sie das fragen, wir sind dazu verpflichtet. Außerdem ist es auch in Ihrem Sinne, Sie als Täter auszuschließen.«

In Eislers Augen blitzte immer noch die Wut, und er sah demonstrativ auf seine Uhr.

»Zum Teufel, wenn es unbedingt notwendig ist, aber beeilen Sie sich, ich erwarte einen Patienten.«

Der muss sich vielleicht ein wenig gedulden, dachte Felber, kommt ganz auf dich an.

»Wo waren Sie in der Nacht von Mittwoch auf Donnerstag, vergangene Woche?«

»Wo werde ich schon gewesen sein, zu Hause, nehme ich an.« Er zog die Stirn in Falten. »Nein, warten Sie, ich hatte Nachtdienst im Spital.«

»Kann das jemand bezeugen?«

»Jeder, der mich gesehen hat.« Zum ersten Mal lachte er, obwohl dieser Scherz auch nicht gerade als gelungen bezeichnet werden konnte. »Na ja, auf jeden Fall die Nachtschwester, bei der habe ich noch einen Kaffee getrunken, bevor ich mich zurückgezogen habe.«

»Gab es irgendwelche Vorfälle, bei denen Ihr Einsatz gebraucht wurde?«

»Nein, eine ruhige Nacht, so etwas kommt selten genug vor.«

Das heißt, er hatte kein Alibi, konnte sich ungestört aus dem Spital schleichen, um die Morde zu begehen. Das war zwar riskant, aber machbar. Eine Ausrede für seine Abwesenheit hätte er sicher gefunden.

Felber beließ es erst mal dabei. Der Mann war ein Hektiker, ein unbedachtes Wort hätte vielleicht einen cholerischen Anfall ausgelöst, und den wollte er vermeiden. Er sollte sich in Sicherheit wiegen, wenn er wirklich etwas mit den Morden zu tun hatte. Auf alle Fälle mussten sie seine Aussage im Spital überprüfen, diskret natürlich, was damit wieder an ihm hängen blieb, Weiner konnte er nicht schicken. Vielleicht Konstanze, die sich von Frau zu Frau mit der Krankenschwester unterhalten könnte und unter Umständen mehr als er herausbrachte.

»Wir sind fertig«, wandte sie sich an Eisler. »War doch gar nicht so schlimm, oder?«

»Wie man's nimmt.« Der Doktor hatte schon wieder eine griesgrämige Miene aufgesetzt. »Am besten, Sie kommen nie mehr wieder. Besuchen Sie einen anderen Arzt.«

»Wir werden sehen«, sagte Felber, »sollten noch Fragen auftauchen, setzen wir uns mit Ihnen in Verbindung.«

»Es gibt keine Fragen mehr«, knurrte Eisler und schritt zur Eingangstüre.

»Ah!«, rief Felber, und der Doktor drehte sich um. »Eine habe ich noch. Kennen Sie Guido Holtzl, den Neffen Ihres Freundes?«

»Er ist nicht mein Freund, aber ja, ich kenne diesen Rotzbuben.«

»Und?«

»Was, und?!«

»Weil Sie ihn als Rotzbuben betiteln.«

»Er ist eben einer, basta!«

»Das müssen Sie uns …«

Die Türglocke läutete, und Eisler riss die Türe auf.

Er wollte dazu keine Erklärung mehr abgeben, denn draußen stand der angekündigte Patient – Isabell Schöne.

9. Kapitel

Felber war sehr schweigsam, als sie im Auto saßen. Es lag nicht an dem überraschenden Treffen mit Isabell Schöne. Vielmehr beschäftigte ihn etwas, das der Doktor gesagt beziehungsweise nicht gesagt hatte.

Öfter hatte er schon von so einer Situation geträumt, war aufgeschreckt und wälzte sich gefühlte Stunden im Bett, ohne wieder einschlafen zu können.

Er fühlte sich überfordert und hilflos, obwohl er an dem eigentlichen Grund an sich nichts auszusetzen hatte.

»Seltsam!«, unterbrach Konstanze die Stille.

Felber schreckte auf. »Ja, nicht? Findest du das auch? Was der Doktor wohl gemeint hat, als er sagte, er sei kein Gynäkologe?«

»Wie kommst du bloß da drauf?«, kicherte sie. »Über so einen dummen Scherz kann ich nicht lachen. Nein, ich meinte, dass plötzlich diese Isabell Schöne vor der Türe stand. Was die bei ihm zu tun hat? Sie sieht doch sehr gesund aus. Beschäftigt die Interne Medizin sich auch mit Magenverkleinerungen?«

»Keine Ahnung, ich glaube aber eher nicht. Sie könnte ein Herzproblem haben, bei ihrer Fülle.«

»Oder aber der Doktor steckt doch hinter den Morden, und die Schöne half ihm, weil sie Pruger nicht mehr heiraten wollte. Kraft hat sie sicher genug, um eine Leiche zu tragen.« Sie runzelte die Stirn. »Vielleicht ist sie draufgekommen, dass ihr Bräutigam schwul ist, und wollte sich deswegen die Hochzeit nicht antun.«

»Du fantasierst, Hasi, aber du hast recht, wir müssen das Alibi des Doktors genau überprüfen und dürfen Frau Schöne ebenfalls nicht vergessen.«

»Allgemein wissen wir über alle Beteiligten noch viel zu wenig«, meinte Konstanze. Felber nickte und startete endlich den Wagen.

*

»Frau Schöne war nicht zu Hause, den weiten Weg hab ich total umsonst gemacht«, rief Weiner ihnen entgegen, als sie ins Büro kamen.

Das war Felber ja nicht neu. Auf seine Bemerkung hin zeigte Alfred dennoch ein triumphales Grinsen im Gesicht.

»Stattdessen bin ich zu dem Theaterdirektor gefahren, um ihm ein bisschen auf die Zehen zu steigen, bildlich gesprochen.«

»Muss ihm verdammt wehgetan haben, weil du gar so grinst.«

»Das kann man wohl so sagen.« Weiner hob seinen Zeigefinger. »Ich habe ihn gleich einmal nach seinen Schuhen gefragt, die er beim Finden der beiden Leichen getragen hatte.«

Der Direktor wurde blass, erzählte er weiter, begann zu stottern und gestand schließlich, dass er sie weggeworfen hätte. Alt wären sie gewesen, und er sehe sich außerstande, Schuhe, an denen sicherlich Leichengeruch hafte, jemals wieder zu tragen.

»Da machte ich ihm die Hölle heiß«, fuhr Alfred fort, »warf ihm vor, Indizien, die zur Aufklärung des Falles nötig und wichtig gewesen wären, uns Beamten mit voller Absicht entzogen zu haben. Er käme jetzt auf die Liste der Tatverdächtigen.«

Weiner schwieg und begann dann zu kichern.

»Ihr hättet sehen müssen, wie er mit offenem Mund dastand. Mir tat das gut, und ich quälte ihn noch ein bisschen, indem ich meinte, dass er ja einen gewaltigen Schuhverbrauch haben müsse. Einer seiner Lieblingsautoren sei doch Shakespeare, und bei dem kugeln stets jede Menge Leichen herum.«

»Was hat er darauf geantwortet?«, fragte Konstanze neugierig.

»Er fing sich überraschend schnell und meinte, dass dabei ein kleiner Unterschied bestehe – diese Leichen stünden nach der Vorstellung wieder auf.«

»Ganz klug werde ich aus dem Mann nicht«, seufzte Felber, »ein zwiespältiger Charakter. Also ist es nichts mit einem Spurenabgleich. Wir müssen unseren Direktor wieder auf die Liste der Verdächtigen setzen, bleibt uns nichts anderes übrig.«

Dann kam ihm noch eine Idee, und sein armer Tisch musste einen heftigen Schlag aushalten.

»Wir schicken jemanden vom Wachzimmer beim Theater vorbei. Die gehen ohnehin immer wieder Streife, vor allem, wenn die Sonne scheint und es angenehm warm ist. Die sollten die Mistkübel durchsuchen, vielleicht haben wir einmal Glück.«

»Das ist gut!«, rief Weiner und hieb ebenfalls auf den Tisch, was ihm sofort einen strafenden Blick von Felber eintrug, denn solche Schläge waren dessen Privileg. »Ein bisschen die Jungspunde einsetzen, dann können wir genussvoll eine Runde Däumchen drehen.«

So kannte Felber seinen Freund nicht.

»Das kannst du zu Hause machen«, brummte er, »wenn Lieselotte anderweitig beschäftigt ist.«

»Was willst damit wieder andeuten?« Ein aggressiver Ton schwang bei Alfred mit.

»Nichts, mein Lieber!« Felber streckte abwehrend die Hände aus. »Es ist nur so, hier wird uns nicht fad, hat uns nicht langweilig zu werden, egal, wie viele Leute wir zum Suchen ausschicken. Ich meinte nur, dass du das zu Hause versuchen kannst, wobei ich glaube, dass dir dann Lieselotte auf die Finger klopft.«

»Das glaube ich auch«, kicherte Konstanze.

»Ihr habt ja eine schöne Meinung von meinem Eheweib«, rief Weiner, begann aber zu grinsen.

»Die Beste, die es gibt!«, nickte Felber.

»Tatsache ist«, krähte Weiner nun, »mir ist mit ihr noch keine einzige Sekunde langweilig gewesen, das Wort existiert bei uns nicht, ist aus dem Wörterbuch gestrichen.«

»Na siehst du, genau das wollte ich zum Ausdruck bringen«, beendete Felber die Diskussion.

»Dann kann ich jetzt ja nach Hause gehen. Lieselotte arbeitet noch, vielleicht komme ich jetzt dazu …« Er hob die Hände in die Höhe und drehte seine Daumen.

»Genug!« Felber klatschte mit der Hand auf den Tisch. »Nicht übertreiben, Alfred, wir haben noch einiges zu tun.«

»Ihr versteht auch keinen Spaß«, maulte Weiner, »das war doch nur zur Auflockerung gedacht.«

Auflockerung hin, Auflockerung her, dachte Felber, bei zwei Toten und viel zu vielen Verdächtigen hörte sich der Spaß auf. Da halfen nur harte Arbeit, unermüdliches Recherchieren und volle Konzentration. Obwohl er sich eingestehen musste, dass es bei ihm, bei der Konzentration und auch bei der Recherche manchmal haperte. Er hatte doch einmal schon darüber mit Doktor Kudlich gesprochen, aber irgendwie war die Sache dann im Sand verlaufen.

»Alfred!«, kommandierte er. »Du setzt dich an deinen Computer und findest alles heraus, was das Kastl über die Isabell Schöne zu berichten hat. Diese Frau hat etwas an sich, was ich nicht verstehe, ein Geheimnis vielleicht, etwas Hintergründiges, etwas Unheimliches, ich weiß es nicht. Genau das sollst du herausfinden, Alfred. Also, streng dich an.«

Man sah es Weiner an, dass ihm dieser Auftrag nicht recht war, obwohl er sonst gerne auf diese Art recherchierte.

»Sollte ich nicht persönlich mit ihr …«

»Später, Alfred, wenn wir mehr über sie wissen. Sonst spielt sie dir möglicherweise etwas vor, und wir sind die Dummen.«

Die Enttäuschung wich nicht aus Weiners Gesicht, wie Felber bemerkte.

»Wenn wir mehr wissen, Alfred, und sie weiter zu den Verdächtigen zählt, kannst du sie persönlich zerlegen, versprochen. Sie und den Theaterdirektor bearbeitest du allein. Dann kommst du wenigstens nicht in Versuchung, Däumchen zu drehen.«

Felber drehte sich zu Konstanze. »Wir zwei widmen uns weiter dem Doktor Eisler, der hat auch einiges zu verbergen. Ah ja, ehe ich es vergesse, ich will auch diesem Rechtsanwalt und Richter, diesem Waldemar Hirsch, einige Fragen stellen. Nur damit wir ausschließen können, dass er in diese Sache involviert ist.«

Wieder hieb er mit der Hand auf den Tisch. Die Aktenberge zitterten. »An die Arbeit, Leute, auf dass wir in diese Dunkelheit ein wenig Licht bringen.«

Zur Ermunterung klatschte er nochmals auf den Tisch, und diesmal begannen die Berge zu rutschen und polterten auf den Fußboden.

»Noch mehr Arbeit«, seufzte Felber und bückte sich stöhnend, um sein Gebirge wieder aufzurichten.

*

Selbst nachdem sie nach diesem ereignisreichen Tag zu Hause saßen, das heißt, Felber hatte am Tisch Platz genommen, während Konstanze in der Küche ein vegetarisches Abendessen kochte, kreisten verschiedene Gedanken in seinem Kopf. Er war erschöpft und irritiert, denn alles, was in ihm herumschwirrte, hatte wenig mit den Mordfällen zu tun.

Immer wieder drängte sich das Wort »Gynäkologie« in den Vordergrund, hartnäckig und nicht zurückzuweisen.

Er musste mit Konstanze reden. Doch wie machte man das, ohne gleich mit der Türe ins Haus zu fallen?

Mit Einbrechern, Räubern und Mördern hatte er diesbezüglich noch nie Probleme gehabt, gut, die waren auch kaum schwanger gewesen. Aber wie fragt man die eigene Ehefrau, ob sie vielleicht …

Dieser Gedanke zwickte ihn und machte ihn griesgrämig.

Natürlich fiel das auch Konstanze auf, als sie das Couscous auf seinen Teller häufte.

»Diesmal ist es marokkanisch«, sagte sie, und es war der einzige Satz, der während des Essens fiel.

Konstanze hatte ihren Teller schon geleert, während Felber noch lustlos in seinem Essen herumstocherte.

»Rück ein bisschen«, sagte sie und setzte sich auf seinen Schoß. »Was ist denn los, mein Bär, etwas bedrückt dich doch«, meinte sie und strich ihm über die Haare.

»Na ja!« Felber räusperte sich und versuchte, sich dem, was er glaubte, mit einer harmlosen Frage zu nähern. »Meinst du, dass Isabell Schöne, weil sie doch zu Doktor Eisler kam, vielleicht schwanger ist?«

Konstanze lachte hell auf. »Was sollte sie dann bei Eisler? Er hat doch klar und deutlich gesagt, dass er kein Gynäkologe ist.«

»Es könnte doch sein, dass irgendwelche Schwierigkeiten …«

Das Manöver war danebengegangen, dachte Felber unglücklich, wie soll ich weiter …

Sein Denken wurde durch ein süßes Lächeln von Konstanze unterbrochen. Sie zwickte seine Wange und gab ihm einen Kuss.

»Du glaubst, dass ich schwanger bin, richtig?« Sie drückte noch einen Kuss auf seinen Mund. »Willst du das nicht, bedrückt dich das?«

»Nein!« Felber schüttelte den Kopf. »Ich will es nur wissen. Seit dieser Doktor davon gefaselt hat, dass er kein Gynäkologe sei, dachte ich, dass er etwas bemerkt hat, was du verschweigst. Das rumort jetzt in meinem Kopf herum und lässt mich nicht mehr los.«

Konstanze streichelte seine Wange. »Süß!«, lachte sie. »Und nein, ich bin nicht schwanger. Aber wir sollten daran arbeiten, wenn du willst.«

»Ja«, nickte Felber, »du hast recht. Ein bisschen mehr Wirbel in der Wohnung wäre ganz gut. Eine neue Erfahrung auch. Wir werden schließlich älter und sollten an unsere Pension denken.«

»Du bist zwar ein Dummkopf, aber ich liebe dich«, knuffte Konstanze ihn.

»Da sind wir uns einig, mein Hase«, meinte er, gab ihr auch einen Kuss, bevor er sich zufrieden ans Essen machte.

10. Kapitel

Wie konnten sie nur an diesen Doktor Eisler rankommen?, grübelte Felber, als er und Konstanze zur Inspektion stapften. Es war wieder ein wunderschöner, sonniger Tag, angenehm warm, ein leichter Wind fuhr durch seine Haare. Ich sollte wieder einen Friseur aufsuchen, dachte er, weil die sorgfältig gescheitelte Frisur in Unordnung gebracht war. Dabei wusste er, dass Konstanze längere Haare liebte, obwohl sie selbst einen kurzen Schnitt bevorzugte. Sie wühlte gerne in seinem Schopf, was er versuchte, mit Gelassenheit hinzunehmen.

Der Friseur brachte ihn aber nicht weiter. Dieser Doktor Eisler und Isabell Schöne rumorten in seinem Kopf. Was hatten die beiden miteinander zu tun, und wie fügte sich der tote Anwalt Pruger in diese Geschichte ein? Er erinnerte sich, als der Arzt Isabell Schöne die Türe öffnete, das Gefühl gehabt zu haben, dass sie sich ziemlich vertraut waren. Die zwei begegneten einander nicht das erste Mal, war sein Empfinden.

Knapp bevor sie ihr Büro erreichten, meldete sich sein Realismus. Gefühle sind doch Schrott, was zählt, sind Fakten, und die haben wir noch nicht.

Eine Auszeit nehmen wäre jetzt ideal, Abstand halten von diesen rätselhaften Geschehnissen, vielleicht einen anderen Ansatz finden.

Da fiel ihm Waldemar Hirsch ein, der Freund aus vergangenen Zeiten, der plötzlich wieder ins Rampenlicht trat, der Mann, der gemeinsam mit Pruger studiert hatte, der Mann, der angeblich Richter war, der aus Gründen, die Felber nicht bekannt waren, diese Stelle aufgab. Was er in der Zwischenzeit bis zur sicher provisorischen Leitung von Prugers Kanzlei tat, blieb ebenfalls im Dunkel.

Felber interessierte es auch nicht sehr, es war wohl wichtiger, mehr über Norbert Pruger zu erfahren. Sie waren Studienkollegen gewesen, wollten laut Bürgermeister eine gemeinsame Kanzlei gründen, da kannte man sich doch, wusste übereinander Bescheid.

Herr Hirsch war die richtige Person, um tiefer in die Gefühlswelt von Norbert Pruger einzutauchen und möglicherweise einen Grund für seine Ermordung zu finden. Außerdem erhielten sie Abstand zu den Verdächtigen. Vielleicht ergab sich dadurch ein neuer Zugang, wer diesen Doppelmord begangen hatte.

Sie langten bei der Inspektion an. Felber war so in seine Gedanken vertieft, dass er beinahe über die Stufen gestolpert wäre. Hätte Konstanze ihn nicht reaktionsschnell bei der Schulter gefasst, wer weiß, ob nicht unfreiwillig eine Auszeit auf ihn zugekommen wäre.

Weiner saß nicht an seinem Platz, was Felber sofort auf den Boden der Tatsachen zurückholte.

»Jetzt hab ich aber genug!«, schrie er. »Seit Alfred befördert wurde, glaubt er, machen zu können, was er will. So geht das nicht weiter.«

Wutentbrannt kramte er sein Handy aus der Tasche.

»Sag einmal …«, krächzte er.

»Einen wunderschönen Morgen, Günter!«, hörte er. »Wo brennt es denn?«

»Wo treibst du dich herum? Du glaubst wirklich …« Felber konnte sich nicht beruhigen.

»Bin gerade auf dem Weg zu Isabell Schöne. Das haben wir

doch ausgemacht. Ich glaube, sie wird schnell mit der Wahrheit herausrücken, denn ich hab einiges über sie im Internet gefunden. Aber das erzähle ich euch, wenn ich zurückkomme.«

Felber atmete tief ein. Daran hatte er nicht mehr gedacht.

»Wo …«, rief er, aber Weiner hatte bereits aufgelegt.

Als Konstanze ihm einen Kaffeebecher vor die Nase stellte, hatte der Ärger sich bereits verabschiedet.

»Weißt du, wo Isabell Schöne zu Hause ist?«, fragte er ruhig.

»Keine Ahnung«, zuckte sie mit den Schultern. »Das ist doch Alfreds Aufgabengebiet.«

»Hätte mich nur interessiert«, meinte Felber, und wieder stieg ein wenig Ärger in ihm auf, schließlich sollten doch alle Fäden bei ihm zusammenlaufen.

Sie sah ihn an. »Jetzt sei kein Brummbär«, meinte sie und tätschelte seine Wange. »Du hast ihm doch selbst gesagt, dass er sich um Frau Schöne und den Theaterdirektor kümmern soll.«

»Ja schon. Trotzdem will ich gerne über jedes Detail Bescheid wissen.«

»Dann müsstest du alles selbst erledigen, mein Lieber.«

»Du hast ja recht, das kann ich nicht. Bin auf euch angewiesen. Wir sind schließlich ein Team. Aber trotzdem …«

»Vergiss es. Wir haben anderes zu tun, wenn ich mich recht erinnere.«

Felber wusste das natürlich, und dennoch war es die Neugier oder die Angst, etwas zu versäumen, am liebsten wäre er allwissend gewesen.

»Also, was machen wir jetzt?« Konstanze sah ihn an, auch sie schien nun ungeduldig zu werden.

Felber seufzte und zog aus einer Lade des Schreibtisches ein Telefonbuch hervor.

»Jetzt suchen wir die Adresse von Waldemar Hirsch.«

»Glaubst du, dass er in Mödling wohnt?«

»Keine Ahnung, aber irgendwo müssen wir ja anfangen.«

Felber blätterte in den Seiten. »Also, da seh ich keinen Hirsch.«

»Was nichts heißt. Vielleicht hat er nur ein Handy, dann steht er natürlich nicht drinnen. Wir machen das anders.« Konstanze griff zum Telefon. »Ich rufe die Kanzlei an. Die müssen ja seine Daten haben, wenn er der neue Chef wird.«

Felber schlug sich auf die Stirn. »Ich Idiot, darauf hätte ich auch kommen können, danke!«

»Deswegen hast du ja deine Mitarbeiter«, grinste Konstanze.

»Ein Wink mit dem Zaunpfahl«, lachte nun auch Felber, »hab schon verstanden.«

»Also!«, sagte Konstanze kurz darauf und riss einen Zettel von ihrem Block. »Hirsch wohnt an der Grenze zu Maria Enzersdorf und hat tatsächlich nur eine Mobilfunknummer. Rufen wir ihn an?«

Felber dachte kurz nach. »Nein!«, sagte er dann. »Ich möchte mir erst seine Umgebung, eventuell das Haus ansehen. Dann können wir entscheiden, wie wir weitermachen.«

*

Felber dachte immer noch an Alfred, machte sich Sorgen, ob dieser alles richtig machte, keinen Unsinn anstellte und vor allem, dass er ruhig und professionell reagierte, sollte er provoziert werden. Er wusste ja nichts über diese Isabell Schöne, welches Mundwerk sie hatte und wie sie tickte.

Konstanze hatte das Steuer übernommen und fuhr langsam die Straße entlang.

»Sieh dir das an«, sagte sie mit einem Blick auf Felbers zusammengesunkene Gestalt, »da würde ich auch gerne wohnen.«

Felber rückte sich in seinem Sitz zurecht. »Du hast Wunschträume, mein Hase.« Felber musterte die vorbeiziehenden Häuser. »Lauter alte Villen, bestens hergerichtet, die liegen bedeutend höher, als unsere Gehaltsklasse ist.«

»Lass mich doch ein bisschen träumen«, entgegnete Konstanze und gab ihm einen liebevollen Klaps.

»Träumen kostet nichts, das können wir uns leisten.«

»Also, das passt ja überhaupt nicht hierher«, rief Konstanze und lenkte den Wagen zum Straßenrand.

Felber blickte verwirrt hoch. Was sollte in dieser Nobelgegend nicht passen? Dann bemerkte er das Haus. Im Gegensatz zu den protzigen Villen sah es eher einem Knusperhäuschen ähnlich. Umgeben von einem riesigen verwilderten Garten, stand es bescheiden und ein wenig baufällig in der Mitte. Das einzig Beachtenswerte waren die Rosenstöcke, die rechts neben der Gittertüre des Eingangs standen, sie blühten in den verschiedensten Farben, knallig Rot, Rosa, Gelb und Weiß. Ein alter Mann, man sah nur die weißen Haare und eine schmale Gestalt, mühte sich, mit einem Spaten die Erde links des Gartentores umzugraben.

Konstanze fasste ihn am Ärmel. »Du!«, flüsterte sie, und Felber hatte keine Ahnung, warum sie so leise sprach. »Das ist die Adresse von Waldemar Hirsch.«

»Da wohnt er?«

»Wenn sich die Kanzlei nicht geirrt hat?«

»Das sieht mir aber nicht nach dem Domizil eines erfolgreichen Juristen und Richters aus. Steig aus, wir werden einfach den alten Gärtner fragen.«

»Entschuldigen Sie!« Felber war zum Gartenzaun getreten. »Ich hätte eine Frage.«

Der Mann drehte sich um. Er war nicht alt. Schmächtig ja, klein ja, weiße Haare ja, aber er befand sich in den besten Jahren. Ein faltiges Gesicht, die Augen blau und wachsam blickend, die Gestalt aufgerichtet, trat er zum Zaun.

»Was wollen Sie?«

Felber stellte sich und Konstanze vor.

»Wohnt hier Doktor Waldemar Hirsch?«

Der Mann lachte kurz auf. »Wenn Sie diese Hütte als bewohnbar ansehen, dann kann ich Ihnen bestätigen, dass er hier wohnt.«

»Wir würden gerne mit ihm sprechen, ist das möglich?«

Der Mann überlegte. »Also gut«, sagte er endlich, »reden wir.«

»Sie sind Waldemar Hirsch?«, fragte Felber überrascht. Den Richter und Rechtsanwalt hatte er sich anders vorgestellt.

»War noch nie jemand anderer, obwohl ich meinen Namen nicht laut hinausposaune.« Hirschs breite Lippen verzogen sich zu etwas, das man bei einigem guten Willen als Lächeln interpretieren konnte.

»Was führt denn die Polizei zu mir?«, setzte er danach fort.

»Wir wollen mit Ihnen über Norbert Pruger sprechen. Wie wir gehört haben, sind Sie ein Studienkollege von ihm gewesen. Nach seinem gewaltsamen Tod gibt es so viele offene Fragen. Wir versuchen, uns ein Bild über ihn zu machen, und da Sie ihn gut gekannt haben, sind wir sicher, einiges von Ihnen zu erfahren.«

»Schrecklich, nicht?«, sagte Hirsch. »Was Menschen so alles einfällt, was sie aus für uns nicht klaren Gründen glauben tun zu müssen.« Sehr nahe schien der Tod seines Freundes ihm aber nicht zu gehen, sein Gesicht zeigte keine Anzeichen von Betroffenheit.

»Eben deswegen sind wir hier«, sagte Felber, »auch wir suchen Gründe für diese Tat. Können wir kurz hineinkommen?«

Er griff zur Schnalle der Gartentüre.

»Nein!« Hirsch schien noch um einige Zentimeter zu wachsen, und aus seinem Ton hörte man Aggression heraus. »Wie Sie wissen, bin ich Rechtsanwalt und war Richter. Ich kenne die Paragraphen.«

»Dass man sich nur über den Gartenzaun hinweg unterhalten darf, steht aber nicht im Gesetzbuch«, fuhr Konstanze ihn an.

Felber versuchte zu beschwichtigen. »Wir wollen doch nur einige Auskünfte von Ihnen. Sie sind weder Beschuldigter noch Zeuge, wir suchen Antworten, warum ein Mensch, ein Freund von Ihnen, zu Tode gekommen ist. Das sollte doch auch in Ihrem Interesse sein.«

Hirsch sah ihn lange an. Der Blick – über Felbers Rücken rann ein kalter Schauer. Darin war keine Spur Freundlichkeit zu erkennen.

»Na gut!« Hirsch schien mit sich zu kämpfen. »Reden wir. Ja, wir waren während des Studiums miteinander befreundet, sehr eng sogar, Bruderliebe könnte man fast sagen. Die gemeinsame Kanzlei, die wir planten, zerschlug sich wegen einer kleinlichen Streiterei, und dann ging jeder seiner eigenen Wege. Seitdem habe ich ihn nicht mehr gesehen. Mehr ist nicht zu sagen.«

Hirsch drehte sich um und begann wieder, die Erde mit seinem Spaten zu lockern.

Konstanze, verärgert über diese Abfuhr und sein überhebliches Verhalten, rief in ironischem Ton: »Schön sind Ihre Rosen.«

»Griesgrämiger Depp!«, fügte sie noch leise hinzu.

Hirsch drehte sich noch einmal um. Er war wie verwandelt. Seine Augen leuchteten, ein zufriedener Ausdruck lag auf seinem Gesicht, ja, sogar ein glückliches Lächeln zauberte er hervor.

»Finden Sie?« Interesse lag in seiner Frage. »Es sind meine Lieblinge.« Unbeholfen ging er zu den Büschen und streichelte zart über die Köpfe der Blumen. »Besonders die weißen Rosen mag ich. Jetzt will ich schwarze Rosen züchten. Leben und Tod. Sehr symbolhaft, finden Sie nicht? Obwohl es sich in Asien gerade umgekehrt verhält.«

»Eine schöne Aufgabe. Haben Sie denn genug Zeit dafür?«, mischte Felber sich nun ein.

»Leider viel zu wenig. Sie wissen – die Kanzlei.«

»Dafür eine wunderbare Bestimmung, vor allem, wenn man sie im Geiste des Verstorbenen fortführen will«, hakte Felber nach, gespannt auf seine Reaktion.

»Nicht wahr?« Die Gesichtszüge von Hirsch verhärteten sich ein wenig. »Norbert war schon ein besonderer Mensch«, brachte er noch hervor, dann lächelte er wieder. »Übrigens, verzeihen Sie den harschen Ton von vorhin. Ich weiß leider wirklich nichts von Norberts letzten Jahren. Es ist gut zwanzig Jahre her, dass ich ihn das letzte Mal gesehen habe.«

»Ist schon in Ordnung. Wir wollen Sie auch nicht länger aufhalten. Einen schönen Tag noch.«

Felber nahm Konstanze beim Ellbogen, drehte sich um und ging zum Wagen.

»Ein eigenartiger Mann«, sagte Konstanze, als sie im Auto saßen. »Einsam und komplexbeladen, mürrisch und hochfahrend. Der kann einem schon Angst machen.«

»Da hast du recht!«, sagte Felber und startete den Wagen. »Aber als Mörder können wir ihn ausschließen. Er hätte nie die Kraft, einen Toten zu schleppen, geschweige denn zwei. Doch irgendetwas verbirgt er.« Felber lachte auf. »Wie alle Personen in diesem Fall.«

*

Nach diesem Ausflug ins Grüne kam Felber die Luft im Büro sehr stickig vor. Er riss ein Fenster auf und atmete tief durch.

Es hatte was für sich, im Freien zu arbeiten, dachte er. Dann erst bemerkte er Weiner, der ganz krumm vor seinem Computer saß.

»Du bist auch schon da?«, rief er.

»Was heißt, auch schon?«, ereiferte Weiner sich. »Ich warte schon seit Stunden auf euch.«

»Übertreib nicht, Alfred«, antwortete Konstanze, »wir waren höchstens eine Stunde weg.«

»Na ja, ich bin es eben nicht gewohnt, euch nicht hier anzutreffen.«

»Steh auf und atme tief die frische Luft ein«, rief Felber und machte es ihm vor.

»Das soll ungesund sein. Hab ich gerade auf Facebook gelesen.«

»Was Idioten dort alles schreiben«, regte Felber sich auf. »Bin ich froh, dass ich mit dem Zeug nichts zu tun habe.«

»Das Zeug, wie du es nennst, kann manchmal aber ganz nützlich sein.«

»Von mir aus. Ich will jedenfalls davon nicht behelligt werden«, brummte Felber.

»Dafür hast du ja uns, Günter«, mischte Konstanze sich ins Gespräch.

»Und das ist gut so«, knurrte Felber. »Viel wichtiger, wie war dein Ausflug zu Isabell Schöne?«

»Baden ist schon sehr schön«, begann Weiner.

»Das will ich nicht wissen«, schrie Felber und hieb auf den Tisch, und seine Aktenberge begannen wieder zu rutschen, »Isabell Schöne interessiert mich.«

»Gemach, gemach, Günter, bin ja schon beim Erzählen«, sagte Weiner lächelnd, »aber zuerst brauche ich einen Kaffee.«

»Dann Kaffee für alle«, rief Felber, und seine Hand schwebte wieder über dem Tisch. In letzter Sekunde verzichtete er aber auf einen Schlag.

»Kommt sofort, Chef!«, lachte Weiner und machte sich gemächlich auf den Weg.

»Der Kerl tanzt mir auf der Nase herum«, knurrte Felber, und Konstanze strich besänftigend über seine Haare.

Der verführerische Duft aus dem dampfenden Becher beruhigte ihn.

»Also, dann kannst du ja anfangen, Alfred«, sagte er und stieß ein zischendes Geräusch aus, denn der Kaffee war wieder einmal verdammt heiß.

»Ich bin ja auf gut Glück hingefahren, hab mich nicht angemeldet. Wollte die Dame überraschen, denn dann erfährt man mehr, als wenn sie sich auf eine Befragung vorbereiten können. Aber das weißt du ja«, setzte er rasch hinzu, als er den Blick Felbers bemerkte. »Ich steh also vor dem Haus, eine schön hergerichtete Villa, die Dame muss meiner Ansicht nach gut bei Kasse sein, läute an, und was glaubst du, wer mir öffnet?«

»Wir haben hier keine Ratestunde«, rief Felber ungeduldig.

»Der Bürgermeister, Doktor Eisler, vielleicht Herr Holtzl?«, versuchte Konstanze, in der Quizrunde mitzuspielen.

»Vollkommen daneben. Eine dünne, zarte Blondine war es. Zuerst blieb mir der Mund offen stehen, ein Hausmädchen ist ja nicht so ohne, vor allem, wenn sie so hübsch ist. Dann fragte ich nach Frau Schöne. Sie sei im Boudoir, sagte die Bohnenstange und meinte damit das Wohnzimmer. Ich stellte mich also vor und sagte, dass ich einige Fragen an die Chefin hätte. ›Chefin ist gut!‹, lachte die Dünne und bat mich hinein. Die Walküre saß in einem tiefen Lehnsessel und feilte ihre Fingernägel. Ich glaubte, mich trifft der Blitz, als die Dürre zu ihr hinging, ihr die Wange streichelte und ihr einen Kuss auf die Stirn drückte.«

Weiner nahm einen Schluck Kaffee, ehe er fortfuhr. Ihm stellte es sich so dar, dass die Dünne die Freundin war, ›Lebensgefährtin‹, wie Isabell Schöne es ausdrückte und nicht bestritt. Als er einwarf, dass sie doch die Verlobte von Norbert Pruger sei, den sie heiraten wollte, meinte sie, dass dies ein ›Gentleman Agreement‹ gewesen sei, zum Wohle aller.

»Anscheinend ist man in diesen feinen Kreisen bemüht, den Schein zu wahren, alles unter den Teppich zu kehren, soweit es möglich ist. Das heißt aber auch nichts anderes, als dass der Rechtsanwalt tatsächlich schwul war.«

»Interessant!«, rief Felber. »Damit habe ich nicht gerechnet.«

Er schwieg nachdenklich.

»Jetzt verstehe ich endlich den Anwalt ein wenig. Er zeigt sich jeden Tag mit einer anderen Frau, kann oder will aber nichts mit ihnen anfangen. Den Titel ›Frauenheld‹ hat er aber in der Tasche und kann seinen wahren Gelüsten unbesorgt nachgehen«, stellte Felber fest.

»Werbung ist alles«, fiel Konstanze dazu ein.

»Man sollte einige dieser Frauen befragen«, meinte Weiner.

»Dem Bürgermeister nach müsstest du nur irgendeine Dame auf der Straße diesbezüglich ansprechen«, sagte Felber in sarkastischem Ton, »aber das bringt doch nichts. Klar ist, dass wir den oder die Mörder im homosexuellen Milieu suchen müssen. Damit fällt Isabell Schöne als Täterin aus.«

»So sicher ist das nicht«, warf Konstanze ein. »Es könnte auch sein, dass Pruger sie erpresst hat, keine Ahnung, womit, und sie mit ihrer Freundin ihn und Guido Holtzl umgebracht haben.«

»Das ist eher unwahrscheinlich«, meinte Felber. »Aber weil du gerade Guido Holtzl erwähnt hast. Ich glaube, dass wir uns viel zu sehr auf Pruger konzentriert haben. Vielleicht ist es gerade umgekehrt, und Holtzl sollte sterben, während Pruger nur zufällig dabei war und deswegen ins Gras beißen musste.«

»Damit bringst du unsere ganzen Ermittlungen durcheinander«, rief Weiner.

»Kann schon sein«, sagte Felber. »Trotzdem, ich muss noch einmal mit dem Firmenchef reden, und ihr bringt eure Computer zum Glühen. Schöne und Holtzl – über die muss doch was zu finden sein. Wir brauchen endlich Ergebnisse. Paukerl ist sicher schon nervös und geht uns bald auf die Nerven. Ein Wunder, dass er sich noch nicht gerührt hat.«

11. Kapitel

Endlich erreichte Felber den Firmenchef Hans Holtzl. Bei einer weltweit agierenden Firma ist das nicht so einfach. Aus Gründen, die er nicht ganz verstand, wollte Holtzl sich mit ihm nicht in der Firma treffen. Er schlug das Kaffeehaus beim Spital, wo sie schon einmal gesessen hatten, als Treffpunkt vor.

Angespannt rührte Felber bereits seinen zweiten großen Braunen um, als Holtzl endlich erschien. Wortreich entschuldigte der Firmenchef sich für seine Verspätung.

Als auch vor ihm eine Kaffeetasse stand, konnte Felber das Gespräch endlich auf Guido, seinen Neffen, lenken.

»Es tut mir leid«, sagte Holtzl, »ich habe oft darüber nachgedacht, aber es ist mir nichts eingefallen, was ich Ihnen nicht schon voriges Mal erzählt habe. Guido war eigentlich ein sehr verschlossener Mensch, der nur aufblühte, wenn er über seine Pläne mit dem 3D-Drucker reden konnte. Ich wüsste von ihm kaum etwas, wenn ich ihn nicht öfters …« Holtzl stockte. »Egal, das ist uninteressant. Leider weiß ich nicht mehr über ihn, was ich heute sehr bereue. Aber das Geschäft …«

»Ah ja, das Geschäft.« Felber fiel plötzlich etwas ein. »Sagen Sie, wie ist eigentlich Norbert Pruger als Rechtsbeistand zu Ihnen gekommen?«

»Das ist eine interessante Geschichte. Eigentlich war jemand anderer dafür vorgesehen. Dann kam Pruger und hat mich überzeugt, ihn mit den rechtlichen Sachen zu betreuen. Was soll ich Ihnen sagen, ich habe es nie bereut und war froh, auf mein Gefühl gehört zu haben. Es ist ein Jammer, dass ich jetzt mit der Suche neu beginnen muss.«

»Wer war denn der andere?«, fragte Felber neugierig.

»Lassen Sie mich nachdenken – ich glaube, Hirsch hieß der Mann.«

*

Das ist ja interessant, dachte Felber, während er ins Büro zurückfuhr, davon hat uns der kleine Mann, der zuerst verschlossen und schließlich einigermaßen nett gewesen war, nichts erzählt. War Hirsch vielleicht viel zu freundlich gewesen? Er musste Konstanze nach ihrer Meinung fragen.

Das tat er dann auch, kaum dass er das Büro betreten hatte.

Konstanze sah ihn stirnrunzelnd an. Hatte er sie bei etwas sehr Wichtigem gestört?

»Wenn du mich jetzt so fragst, irgendwie klang er schon ein wenig schleimig. Warum fragst du?«

Felber erzählte von seinem Gespräch mit Holtzl. Dass an sich Anwalt Hirsch für seine Firma vorgesehen war, dieser aber dann von Pruger praktisch ausgebootet wurde.

»Schau, schau«, sagte Konstanze, »da weiß ich auch etwas. Ich rief nämlich noch einmal in Prugers Kanzlei an, wollte noch einmal wissen, wann er das Büro damals verlassen hat. Ich weiß nicht, wie wir auf den neuen Leiter, also Herrn Hirsch, gekommen sind, vielleicht hab ich seine Rosen erwähnt. Jedenfalls erzählte mir die nette Dame, komisch, ich weiß nicht einmal ihren Namen, sie sagte also, dass Herr Hirsch sich schon einmal, als Pruger noch lebte, für einen Posten bei ihnen beworben hat. Man hörte zwar nichts aus dem Zimmer des Chefs, aber Herr Hirsch war nicht sehr amüsiert, als er herauskam. Er ging wortlos und knallte die Türe zu.«

»Na ja, wie wir bei ihm waren, sind wir am Anfang auch nicht freundlich aufgenommen worden.«

»Dieser Hirsch wäre doch der geeignete Kandidat für die Morde«, ließ Weiner sich vernehmen, »sowohl bei Pruger als auch bei Holtzl. Ich sage euch, wir haben ihn.«

»Unsinn! Du hättest Hirsch sehen sollen. So klein und zart, wie er ist, hebt er nicht einmal fünfzig Kilo. Der kann keine zwei Leichen schleppen.«

»Vielleicht hatte er Helfer. Meine Frau Schöne zum Beispiel kann sicher beide auf einmal tragen. Oder der Doktor Eisler. Und vergesst nicht den Theaterdirektor. Sag, haben sich unsere Streifenbeamten eigentlich schon gemeldet?«

Felber zuckte mit den Schultern. Sein Telefon läutete.

»Oje!«, sagte er und hob ab. Er nickte und rief: »Komme!«, und legte auf.

»Wie befürchtet. Paukerl!«

Der Weg zum Nebenzimmer war nicht weit. Wie gewohnt, riss Felber die Türe auf und blickte argwöhnisch in alle Ecken.

»Sag, kannst du nicht …«, schrie Paukerl. »Ach, vergiss es. Du wirst dir das nie abgewöhnen können.«

Felber, erleichtert, dass niemand vom LKA oder gar Oberst Pelzer im Raum war, sagte sanft: »Du willst mich sprechen?«

»Allerdings!« Paukerl trommelte mit seinen Fingern auf seinen Schreibtisch. »Ich habe eine Beschwerde bekommen. Sag einmal, was fällt euch ein, Streifenbeamte zum Mistkübelstierln abzukommandieren? Die Herrschaften waren nicht sehr begeistert.«

»Ich habe nur darum gebeten, falls jemand der Herren beim Theater vorbeikommt, ein wenig in die Mistkübel zu sehen. Der Direktor – du erinnerst dich sicher, wir wollten seine Schuhabdrücke zum Vergleich – der hat Alfred erklärt, dass er sie weggeworfen hat. Damit hat er sich bei den Verdächtigen einen vorderen Platz eingehandelt.«

»Stell dir vor, sie haben tatsächlich Schuhe zwischen dem Biomüll herausgefischt. Außerdem brachten sie diese gleich der Spurensicherung. Du könntest eigentlich zu ihnen gehen und dich bedanken. Das sollte es dir zumindest wert sein.«

»Ja, ja«, sagte Felber, hörte gar nicht so richtig zu, er war mehr daran interessiert, was die Spusi herausgefunden hatte. »Konnten die Schuhe abgeglichen werden?«

»Eindeutig die mit dem Loch in der Sohle.«

»Und warum erfahre ich das erst jetzt?«, brauste Felber auf.

»Weil ich es selbst gerade erst erfahren habe«, schrie Paukerl zurück. »Besser, du mäßigst deinen Ton und die Lautstärke.«

»Entschuldige!«, entgegnete Felber. »Aber der Fall ist so verflixt, wir haben nichts in der Hand, und jedes kleinste Detail kann uns weiterhelfen.«

»Das wollte ich ohnehin schon fragen, ihr steckt also fest?«

»So kann man das nicht sagen«, meinte Felber, und man sah ihm an, dass er sich innerlich wand, »es ist nur so, dass wir zu viele Verdächtige haben, immer wieder kommt einer dazu.«

»Vielleicht solltet ihr euch doch das LKA zur Unterstützung nehmen? Die scharren eh schon in den Startlöchern.« Paukerl grinste leicht, wohl wissend, welche Reaktion er damit auslöste.

»Nie und nimmer!« Felber streckte abwehrend die Arme aus, die Finger weit gespreizt, und sah seinen Chef an. »Aber das weißt du ja.«

»Ja eh!« Paukerl nickte, das spitzbübische Grinsen noch immer im Gesicht. »Was habt ihr denn schon? Bring mich auf den neuesten Stand.«

Das tat Felber umgehend und eifrig, den Schreck über die versteckte Drohung mit dem LKA noch immer in den Knochen spürend.

Er berichtete über die undurchsichtigen Zusammenhänge zwischen Isabell Schöne und Doktor Eisler, die unerklärbaren Hochzeitspläne von Schöne und Rechtsanwalt Pruger, vom unverständlichen Verhalten des Theaterdirektors und von Waldemar Hirsch, der möglicherweise auch mitspielte und vor allem nicht mit der Wahrheit herausrückte.

»Ein gordischer Knoten«, seufzte Paukerl, »da habt ihr es wahrhaftig nicht leicht. Halte es mit Alexander dem Großen, nimm ein Schwert und zerhacke ihn.«

»Wen?«, fragte Felber, der im Moment auf der Leitung stand.

»Bitte, Günter!«, tadelte Paukerl, schwieg danach und zeichnete mit seinem Finger Kreise auf die Tischplatte. »Insiderauskünfte sind wichtig«, sagte er dann. »Informiert euch bei Verwandten, Freunden und Feinden, da muss doch etwas herauszubekommen sein.« Einen Moment schwieg er. »Obwohl ich das nicht gerne tue, aber ich rede mit dem Redakteur unserer Zeitung. Journalisten wissen doch immer etwas. Wenn ich ihn mit einem Exklusivinterview ködere, wird er schon was ausspucken. Aber dass du es weißt, Günter, das gibst dann du.«

Zum zweiten Mal innerhalb kurzer Zeit fuhr ein Schreck durch Felbers Glieder. Er und ein Interview geben? Davor hatte er sich bis jetzt immer grandios drücken können. Aber wenn es zur Aufklärung half – im Moment wollte er nicht darüber nachdenken.

*

»Paukerl will uns helfen«, erklärte Felber, als er in ihr Büro zurückkam, und erzählte vom Vorschlag seines Chefs, den Redakteur der Zeitung über ihre Verdächtigen auszuquetschen.

»O weh«, jammerte Konstanze, »wenn das nur gut geht. Ihr wisst doch, wie Journalisten sind, kaum wittern sie eine Sensation, steht sie auch schon in ihrem Schmierblatt, egal, ob falsch oder richtig.«

»Er will ihn mit einem Exklusivinterview ködern«, sagte Felber.

»Noch schlimmer!«, stellte Konstanze fest.

»Toll!«, rief Weiner. »Kommen wir dann groß in die Zeitung? Den Artikel schneide ich mir dann aus und lasse ihn einrahmen. Maximilian wird stolz auf mich sein.«

»Wer zum Teufel ist Maximilian?«, wunderte Felber sich.

»Na, mein zukünftiger Sohn.«

*

»Glaubst du, da ist was dran, an Alfreds Rederei?«

Felber und Konstanze saßen bei einem »gesunden« Nachtmahl, Knäckebrot, verschiedene Aufstriche, und jeder hatte vor sich eine große Schüssel Salat stehen. Paradeiser, grüne Blätter, Rucola, einige Oliven und etwas Feta, abgemischt mit Balsamicoessig und Olivenöl.

Ihm ging der Spruch von Alfred nicht aus dem Sinn.

»Ich glaube nicht«, meinte Konstanze. »Lieselotte will noch etwas zuwarten. Sie hat eine Beförderung in Aussicht und meint, mit mehr Gehalt in Karenz zu gehen, ist vorteilhafter.«

»Sieh mal an, für so geldgierig hab ich sie nicht gehalten.«

»Tja, Geld regiert die Welt«, sprach Konstanze einen Gemeinplatz aus. »So gesehen, müssen wir noch eine ganze Weile warten. Nur Pelzer allein weiß, wann du befördert wirst.«

Unbewusst hatte sie einen wunden Punkt bei Felber angesprochen. Sein Gesicht wirkte wie versteinert.

Das wurde ihr aber erst jetzt bewusst. Sie sprang auf und umarmte ihn.

»Entschuldige, mein Bär!«, flüsterte sie. »Ich wollte eigentlich nur einen heiteren Abschluss zu unserem Gespräch finden.«

Felber schmollte, und es bedurfte größter Überzeugungskraft, ihn wieder zu sanftem Brummen zu bringen.

*

»Wir brauchen einen Plan«, verkündete Felber am nächsten Morgen vor versammelter Mannschaft im Büro.

»Den haben wir doch schon«, maulte Weiner. »Wenn du dich vielleicht erinnerst, du hast mir Isabell Schöne und den Theaterdirektor zugeteilt.«

Dunkel konnte Felber sich erinnern. Ihm fiel aber noch etwas anderes ein.

»Was sagt eigentlich dein gescheites Kastl, dein Computer über die zwei?«

»Hab ich euch das noch nicht erzählt?« Das schien Weiner unangenehm zu sein. Er kramte in seinen Papieren und schwenkte einen Stoß Zettel in der Luft.

»Also, damit ihr nicht glaubt, ich sei untätig gewesen. Frau Schöne ist eindeutig lesbisch. In verschiedenen Foren ist sie dafür bekannt, in einigen gibt sie den Ton an. Ganz anders der Direktor. Der wird hauptsächlich gelobt wegen seiner Inszenierungen, seiner szenischen Einfälle und seiner skurrilen Gags. Nur selten gibt es Kritik, die fällt aber dann sehr heftig aus.«

»War vielleicht Norbert Pruger so ein Kritiker?«

»Keine Ahnung. Du weißt ja, in den sozialen Medien werden meist Pseudonyme verwendet.«

Felber wusste das natürlich nicht.

»Kommt man nicht an die richtigen Namen heran?«

»Schon, meistens. Aber das braucht einen Spezialisten.«

»Ich werde einmal mit der Spusi …«, er machte eine Kunstpause, »… mit Hermine reden, vielleicht hat sie so einen in ihrer Truppe.«

»Du bist mit ihr per Du?«, fragte Weiner überrascht.

»Gott bewahre, nein, würd ich mich nie trauen, aber hier unter uns kann ich das doch sagen. Ich finde den Namen Hermine bei ihr so unpassend, dass er fast schon wieder lieb ist. Was ihre Eltern sich dabei nur gedacht haben. Hermine ist beinahe so geschmacklos wie Maximilian.«

»Das nimmst du aber jetzt sofort zurück«, brauste Weiner auf, »Maximilian ist ein wunderschöner Name. Es gab sogar einen österreichischen Kaiser, der so hieß.«

»War nur ein Scherz, Alfred. Ein bisschen hochgestochen klingt er zwar, aber er wird eh nur Max gerufen werden. Wann können wir dir denn zu deinen Vaterfreuden gratulieren?«

»Aah … das steht jetzt nicht zur Diskussion. Wir sollten uns wieder mit unseren Verdächtigen beschäftigen.« Weiner war das Thema sichtlich unangenehm, sein Gesicht rötete sich.

»Mich beschäftigt noch immer, wie die Leichen in den Bunker kamen. Die großen Tore sind abgeschlossen, da kommt man nicht hinein, das hat Alfred ja bewiesen. Tote beim Wirtshaus vorbeizuschleppen, um von der anderen Seite hineinzukommen, kann ich mir nicht vorstellen. Die Gefahr, entdeckt zu werden, ist viel zu groß.«

»Vielleicht gibt es einen Zweitschlüssel?«, mischte Konstanze sich ein.

»Eine gute Idee!«, rief Felber. »Alfred, du musst den Direktor noch einmal beknien, vielleicht glaubte er, den Schlüssel verlegt zu haben, während die Gangster eine Kopie anfertigten. Oder der Schlüssel hängt irgendwo frei zugänglich, und es fällt nicht auf, wenn er sich nicht dort befindet. Oder eine andere Möglichkeit. Du machst das schon, Alfred.«

»Natürlich, ich mache ja alles«, seufzte Weiner resignierend, doch dann leuchteten seine Augen auf. »He, ihr werdet es nicht glauben, aber ich habe soeben eine Nachricht von der Spusi bekommen. Das ist ja ein Hammer, sie haben einen Teilabdruck eines Fingers auf einem der Messer gefunden.«

»Ich wundere mich, wie die arbeiten«, raunzte Felber. »Das ist doch das Erste, was man feststellen sollte.«

»Keine Ahnung!« Weiner zuckte die Achseln. »Aber jetzt haben wir ihn. Wir brauchen nur die Fingerabdrücke aller Verdächtigen und haben den Mörder, oder die.«

»Du weißt doch, dass das nicht so einfach ist, Alfred«, regte Felber sich auf. »Solange wir keine handfesten Beweise gegen eine Person haben, bekommen wir keine Abdrücke.«

»Dann holen wir sie uns einfach so.«

»Die zählen doch nicht. Jeder gegnerische Anwalt würde uns in der Luft zerreißen. Vom Staatsanwalt will ich gar nicht reden.« Weiner sah ihn durchdringend an.

»Das ist mir zu heikel, Alfred. Wir müssen zuerst weitere Indizien sammeln und basta!«

»Spielverderber! Du verlangsamst damit die Aufklärung, Günter«, maulte Weiner.

»Mag sein, aber so sind die Spielregeln«, entgegnete Felber und hieb auf den Tisch, um jeden Widerspruch abzuwürgen.

»Es wäre Zeit, sich wieder einmal zum Grillen zusammenzusetzen«, wechselte Weiner schwungvoll das Thema.

»Es wäre Zeit, den Mörder zu finden«, entgegnete Felber pikiert.

»Ach, diese Mördersuche ist so deprimierend«, jammerte Weiner, »ein bisschen Entspannung bringt uns vielleicht auf neue Gedanken. Lieselotte würde einen guten Salat machen«, lockte er.

»Später!« Felber kehrte den Chef hervor. »Konstanze und ich besuchen noch einmal den Doktor Eisler, und dann möchte ich auch bei Anwalt Hirsch vorbeisehen, der hat uns nämlich nicht alles erzählt. Und du, Alfred, machst einen neuen Termin mit Isabell Schöne aus. Damit sie nicht so weit fahren muss, verlegst du das Gespräch auf die Badener Inspektion. Ich glaube, dass dann die Unterhaltung einen offiziellen Anstrich erhält und sie vielleicht gesprächiger wird. Mehr, als wenn du bei ihr zu Hause mit ihr redest. Damit ich es nicht vergesse …«, Felber hob die Hand, »… ich möchte dabei sein.«

Als er Weiners zornigen Gesichtsausdruck sah, setzte er nach: »Nein, nein, die Befragung führst du, Alfred, ist ja deine Verdächtige. Ich möchte mir nur ein allgemeines Bild von ihr machen.«

»Und der Theaterdirektor?«, fragte Weiner trotzig.

»Den heben wir uns auf. Er ist zwar irgendwie darin verwickelt, aber ich glaube nicht, dass er der Mörder ist.«

12. Kapitel

Aus einem Grund, den Felber nicht nennen konnte, bog er falsch ab und stand plötzlich vor dem deplatziert wirkenden alten Haus von Hirsch.

»Ich hab mir nichts dabei gedacht«, entschuldigte er sich bei Konstanze, »aber es ist schließlich egal, ob wir zuerst zu Eisler und dann zu Hirsch fahren oder umgekehrt. Wenn wir schon da sind, fragen wir eben zuerst den Herrn Richter, warum er uns nicht alles erzählt hat.«

Dass man den zu Befragenden wieder bei den Rosenbüschen antreffen würde, damit hatte Felber nicht gerechnet. Hatte der Mann nichts zu tun? Wenn er die Kanzlei seines dahingeschiedenen Freundes übernahm, konnte man doch davon ausgehen, dass er sich mit der Firma, mit den Angestellten, den Klienten und offenen Fällen auseinandersetzte, andere Fälle studierte, denn Wirtschaftsrecht war schon eine eigene Sparte, da hatte er als Richter kaum etwas damit zu tun gehabt.

Doch was tat der ehrenwerte Herr? Er pflückte welke Blätter ab, besah sich Knospen und stach mit seinem Spaten die Erde um. Felber war es recht, wenigstens hatte er diesen Umweg nicht umsonst gemacht.

»Herr Rat? Wir hätten noch einige Fragen an Sie«, machte er auf sich und Konstanze aufmerksam.

Hirsch kam die Störung überhaupt nicht gelegen.

»Bin kein Richter mehr«, presste er zwischen zusammengebissenen Zähnen hervor.

»Das ist jetzt keine meiner Fragen, es interessiert mich nur so«, sagte Felber leichthin, »warum haben Sie den Richterberuf aufgegeben? Es ist doch eine sehr ehrenwerte Sache, für Recht und Gerechtigkeit zu sorgen.«

»Das wird allgemein überbewertet«, meinte Hirsch und stützte sich auf den Spaten. »Glauben Sie, dass alle Urteile, die gefällt werden, wirklich gerecht sind? Ich hege da so meine Zweifel, und deshalb legte ich mein Amt nieder. Man kann auch auf andere Art sein Geld verdienen.«

»Rosenzüchten, zum Beispiel«, wagte Konstanze ein Späßchen, und Hirsch warf ihr einen giftigen Blick zu.

»Meine Frage an Sie, Herr Doktor«, warf Felber schnell ein, um einen Streit oder Schlimmeres zu vermeiden, »es stimmt doch, dass Sie, nachdem Sie das Richteramt niedergelegt hatten, in die Kanzlei von Doktor Pruger einsteigen wollten. Hat es Sie nicht maßlos enttäuscht, dass das Herr Pruger, trotz ihrer langjährigen Freundschaft, verhindert hat?«

»Woher wissen Sie ...«, rief Hirsch zornig. »Nun ja, ich kann es mir eigentlich vorstellen ...«, und mit ruhigerer Stimme fuhr er fort: »Natürlich hat es mich anfangs ein wenig geärgert, aber wenn man bedenkt, dass wir es ja schon einmal versucht hatten und es damals nicht klappte, konnte man davon ausgehen, dass dies keine gute Idee von mir war. Es war also nicht so schlimm, das Wirkungsgebiet von Anwälten ist doch ziemlich breit.«

»Genau darauf will ich hinaus, Herr Doktor«, sagte Felber. »Als Sie dann versuchten, bei der Firma Schloss-e-tex die Rechtsgeschäfte zu übernehmen und Herr Pruger Sie auch da ausstach, muss der Zorn übermächtig geworden sein. Da kann man dann leicht Mordgedanken hegen, sowohl gegen Pruger als auch Holtzl gegenüber. Rachegedanken können übermächtig werden.«

»Ihre Phantasie möchte ich haben«, lachte Hirsch, klang aber nicht sehr amüsiert, »mir die Morde an Norbert und diesem Holtzl andichten zu wollen. Ab jetzt beantworte ich keine Ihrer Fragen mehr.«

»Das ist auch nicht notwendig«, meinte Felber. Er wunderte sich ein wenig. Hatte er je erwähnt, dass Guido Holtzl das zweite Opfer war? Er konnte sich nicht erinnern. Andererseits war sicher in der Kanzlei darüber gesprochen worden.

Trotzdem, von diesem Mann ging eine unheimliche Ausstrahlung aus, heftige Feuer loderten in ihm, die er zu verbergen suchte.

Felber konnte sich trotz allem aber nicht vorstellen, dass dieser schmächtige Mann zwei Menschen, die beide weitaus kräftiger waren, ermordet und dann über eine weite Strecke in den Bunker transportiert hatte. Natürlich war es möglich, sie dorthin gelockt zu haben, um sie dann mit Insulin wehrlos zu machen und schließlich sterben zu lassen, aber laut Spurensicherung und Doktor Kudlich deutete nichts darauf hin.

Höchstens, kam ihm blitzartig die Idee, Hirsch hätte Helfer gehabt. Diesen Gedanken schloss Felber aber sofort wieder aus. Wie kam ein honoriger Richter und Rechtsanwalt zu derart kriminellen Leuten, denen zwei Morde nichts bedeuteten?

Langsam kehrte er wieder in die Realität zurück. Konstanze sprach gerade mit Hirsch über Rosen – wieder einmal.

Und wieder blühte der kleine Mann bei diesem Thema auf.

»Mein Traum«, schwärmte er gerade, »wären Rosen, die gleichzeitig schwarze und weiße Blütenblätter hätten. Aber das wird wohl ein Traum bleiben.«

»Träume braucht der Mensch«, lachte Konstanze.

»Wie recht Sie haben!«, erwiderte Hirsch.

Felber unterbrach die Unterhaltung, die er absurd fand. Wie konnte man nur so lange über mickrige Blumen reden?

»Da ich im Moment keine weiteren Fragen an Sie habe, möchten wir uns verabschieden. Sollte es noch ein Problem geben, weiß ich ja, wo ich Sie finde.«

»Wahrscheinlich ab jetzt in der Kanzlei«, sagte Hirsch, »aber es bleibt dahingestellt, ob ich Ihnen ohne Rechtsbeistand etwas beantworte.«

War es wirklich ein Lächeln, das dabei über die Lippen des Anwalts zog? Felber war sich unsicher.

*

Wieder ragte linker Hand die wehrhafte Burg Liechtenstein auf, als sie am Weg zu Doktor Eisler waren. Felber beeindruckte sie jedes Mal, wenn er an ihr vorbeifuhr. Aber jetzt war keine Zeit, um an Ritter, Minnesänger und holde Frauen zu denken. Mit einem Seitenblick auf Konstanze klammerte er die holden Frauen auch sofort aus. Die konnte er gleich vergessen, die hatten in seinen Gedanken nichts zu suchen. Wichtiger war, sich Fragen zu überlegen, die er Doktor Eisler stellen wollte.

*

Konstanze war im Mödlinger Spital gewesen, hatte sich erkundigt, ob Eisler wirklich von Mittwoch auf Donnerstag Nachtdienst gehabt hatte. In der Verwaltung verwehrte man ihr die Auskünfte – nicht mit dem Datenschutz vereinbar, erklärte man. Über die Morde sagte sie nichts, wäre auch Rufschädigung, sollte sich seine Unschuld herausstellen.

Stattdessen ging sie zur Internen Abteilung. Schwestern wissen bekanntlich über alles bestens Bescheid.

»Unser Zwerg Nase?«, lachte die Schwester, fand aber gleich zu normalem Ton zurück. »Sie müssen den Ausdruck entschuldigen, aber bei öden Nachtdiensten kommt man oft auf blöde Sprüche. Er ist ein hervorragender Arzt, nur mit uns Frauen kann er anscheinend nicht umgehen. Irgendwie ist er ein Eigenbrötler, dann aber wieder sehr hilfsbereit, man kennt sich bei ihm nicht richtig aus.«

Konstanze erkundigte sich nach den Nachtdiensten.

»Warten Sie, das werden wir gleich haben«, sagte die Schwester, die anscheinend froh war, einmal eine andere Beschäftigung zu haben. Sie blätterte im Dienstplan. »Ja, Doktor Eisler hatte Nachtdienst. Ich übrigens auch.«

»Das ist ja toll«, freute Konstanze sich. »Wie geht es denn dabei zu? Sitzen Arzt und Schwestern zusammen und schlagen sich die Nacht um die Ohren?«

»Ah, wo denken Sie hin? Arzt und Pflegepersonal gemeinsam? Das kommt äußerst selten vor«, sie lachte wieder. »Höchstens, einer unserer Doktoren will eine Schwester anbraten. Nein, nein, Ärzte haben ein eigenes Zimmer, in das sie sich zurückziehen und hoffen, dass sie nicht gestört werden.«

»Das heißt, Sie haben Doktor Eisler nur gesehen, wie er gekommen ist. Gab es in der Nacht dann irgendeinen Vorfall, bei dem er gebraucht wurde?«

»Nein, es war außergewöhnlich ruhig. Selbst wir Schwestern haben fast nur vor dem Fernseher gehockt.«

»Hmm, es könnte also, rein theoretisch natürlich, Doktor Eisler fortgegangen sein, es wäre niemandem aufgefallen.«

»Sie haben Ideen.« Das Lächeln war aus dem Gesicht der Schwester verschwunden. »Natürlich – theoretisch ja … aber das machen unsere Ärzte nicht, es kann ja jederzeit etwas passieren. Nein, nein, die schlafen in ihren Kammerln und gehen in der Früh meist quietschfidel nach Hause. Höchstens, es kommt ein Infarkt oder sonst etwas Gravierendes herein, da sind sie dann schlecht gelaunt, aber sie sind da.«

»Entschuldigung, ich meinte nur …«, versuchte Konstanze zu beschwichtigen, denn die Schwester hatte sich in Rage geredet. »Ich wollte keinem der Ärzte etwas unterstellen. Ich überlegte nur die Möglichkeiten – die theoretischen natürlich. Ach, es war eine dumme Frage, bitte vergessen Sie sie.«

»Ist schon gut, mir tut mein Ausbruch auch leid. Sie müssen wahrscheinlich so denken. Verraten Sie mir – ist der Doktor in irgendwas verwickelt?«, fragte sie neugierig.

»Nein, nein, es geht nur um eine Zeugenaussage, die ich kontrollieren muss«, wand Konstanze sich.

Jetzt lachte die Schwester wieder. »Na ja, manchmal ist er ja wirklich ein komischer Vogel, aber etwas Ungesetzliches tun – nie und nimmer.«

Konstanze bedankte sich und versuchte der Schwester, die nun zu einem Plausch aufgelegt schien, zu entkommen. Sie winkte, deutete auf ihre Uhr und machte, dass sie wegkam.

*

Felber überlegte, Doktor Eisler wegen dieses Nachtdienstes noch einmal anzusprechen. Außerdem wollte er wissen, in welchem Verhältnis er zu Isabell Schöne stand. War sie Patientin, oder gab es private Gründe? Was er an Norbert Pruger auszusetzen hatte, war klar, aber hatte es eine stärkere Verbindung zu Guido Holtzl gegeben? Bei ihrem ersten Gespräch hatte Eisler über ihn geschimpft, aber Felber konnte nicht mehr erfahren, weshalb.

»Sie kommen ungelegen!«, rief der Doktor, als er die Türe öffnete.

»Sie haben gerade einen Patienten?« Konstanze war enttäuscht.

»Nein! Sie kommen immer ungelegen«, schnauzte Eisler.

»Das ist unser Schicksal«, meinte Felber. »Trotzdem müssen wir so lange Fragen stellen, bis der Mörder gefasst ist.«

»Und Sie halten mich für den Mörder?«, brauste Eisler auf, und es war eigenartig anzusehen, wie sich der kleine Mann mit der sonoren Stimme plötzlich aufplusterte.

»Wie schon voriges Mal gesagt, der Mörder muss über medizinische Kenntnisse verfügen.« Felber hob die Hand, um weiteren Protest abzuwürgen. »Was aber nicht heißt, dass wir Sie als Mörder verdächtigen. Noch nicht. Sie jedenfalls, Herr Doktor, könnten viel dazu beitragen, dieses Misstrauen auszuschalten, indem Sie unsere Fragen beantworten. Die Wahrheit ist gefragt, keine Ausflüchte.«

»Bitten Sie uns doch hinein, Herr Doktor«, Konstanze lächelte ihr süßestes Lächeln, »wir sind schnell fertig. Das heißt, wenn Sie kooperieren.«

»Na, dann kommen Sie, damit dieses blöde Theater endlich ein Ende findet.« Eisler riss die Türe weit auf und schwenkte komödienhaft devot seinen Arm.

Er fand es eine Frechheit anzunehmen, dass er seinen Nachtdienst nicht ordnungsgemäß absolviert habe.

Nach Guido Holtzl befragt, meinte er, dass er ihn nur ein einziges Mal gesehen habe, als er bei Hans Holtzl eingeladen war. Dabei habe sich der junge Mann derart präpotent und affektiert verhalten, dass er sich gefragt hatte, wie der Alte dieses Benehmen nur aushielt.

Bei Isabell Schöne spießte es sich. Ärztliche Schweigepflicht, betonte er einige Male.

Felber und Konstanze ließen aber nicht locker, und schließlich lüftete Eisler einen Zipfel seiner Verschwiegenheit.

»Also gut!«, rief er. »Damit Sie endlich verschwinden. Frau Schöne leidet an Diabetes, und zusätzlich hat sie Probleme mit dem Herzen. Kein Wunder bei ihrer Körperfülle!«

»Warum ist sie ausgerechnet zu Ihnen gekommen? Es ist schließlich ein langer Weg von Baden nach Maria Enzersdorf.«

»Was Sie alles wissen wollen. Soweit ich mich erinnere, habe ich sie vor einigen Jahren im Spital behandelt. Sie schien sehr zufrieden mit mir zu sein, und als ich hier meine Privatpraxis eröffnete, wechselte sie zu mir, was mir ganz recht war. Man braucht schließlich Kundschaft, um zu überleben.«

Der arme Mann, dachte Felber, er müsste ja sonst am Hungertuch nagen.

Wie um das zu verdeutlichen, schrillte die Türglocke.

»Kundschaft!«, meinte Konstanze in spöttischem Ton.

Vor der Türe stand ein schmächtiger Mann in grauem Anzug, rot-weiß gestreifter Krawatte, die grauweißen Haare penibel gescheitelt.

Erst als Felber im Auto saß, dämmerte es ihm. »Das war doch Richter Hirsch. Ich fasse es nicht. Ist der auch Patient hier?«

13. Kapitel

Weiner war zappelig, als er und Felber nach Baden fuhren. Auf seine eigene Sicherheit bedacht, hatte Felber das Lenkrad übernommen, obwohl er es sonst genoss, vom Beifahrersitz aus die Gegend zu betrachten.

»Warum bist du so nervös, Alfred, hast du Probleme mit Lieselotte?«

»Nein, bist du gescheit, wieso sollte ich mit der besten Ehefrau von allen Zoff haben?«

»Na ja, deine Unruhe. So schlimm war es schon lange nicht mehr. Du kannst ja nicht einmal deinen breiten Hintern ruhig halten.«

»Hör mal, ich bin athletisch gebaut, hab keinen breiten Arsch.«

Beide schwiegen, Felber wollte es nicht eskalieren lassen, doch selbst dann konnte Weiner Arme und Beine nicht ruhig halten. Felber konzentrierte sich auf die kurvenreiche Strecke, wurde aber immer wieder abgelenkt, weil Weiner unruhig hin- und herwetzte.

»Was ist los, Alfred?« Felber musste es einfach wissen. »Spuck es aus, wir sind doch hier allein, unter Freunden. Was macht dich so fahrig?«

»Du!«, platzte Alfred los. »Du machst mich nervös. Diese Befragung der Isabell Schöne, und du stehst in irgendeiner Ecke und wägst jedes Wort ab, das ich sagen sollte. Dieser Gedanke macht mich verrückt.«

»Ach, komm!« Felber versuchte, einen milden Ton anzuschlagen. »Du wirst mich gar nicht bemerken. Ich bin nicht an deinen Einvernahme- und Verhörmethoden interessiert, ich weiß, dass du die beherrschst. Ich will mir wirklich nur ein Bild von Frau Schöne machen. Hab sie schließlich nur einmal kurz gesehen, damals beim Heurigen mit dem Bürgermeister.«

»Bist du dir sicher?«

»Total, Alfred!« In diesem Moment war er davon auch wirklich überzeugt, was aber nicht hieß, dass er den Mund halten würde, sollte etwas übersehen oder nicht mit genügend Nachdruck in einer verwundbaren Stelle gebohrt werden.

Sichtlich zufrieden ließ Weiner sich in den Sitz zurücksinken und verharrte dort ohne Bewegung, bis sie bei der Badener Inspektion ankamen.

Er sprang aus dem Auto, schien voller Energie und Tatendrang zu sein, doch eine gewisse Anspannung konnte er immer noch nicht verbergen.

Es war ein kleiner Raum, in dem die Befragung stattfinden sollte, Felber, Weiner und ein Badener Stadtpolizist drängten sich hinein, doch als Isabell Schöne eintrat, schien das Zimmer überfüllt zu sein. Felber glaubte, keine Luft mehr zu bekommen. Dass sich dann noch eine zarte Person hereinzwängte, fiel nicht ins Gewicht.

»Wir wollen es kurz machen, Frau Schöne«, mimte Weiner den Chef. »Bitte, setzen Sie sich.«

Dass man alles, was man tat oder fühlte, auf Einbildung beruht, merkte Felber, als Isabell Schöne ihren Sessel eingenommen hatte, er konnte wieder freier atmen.

»Was mich am meisten interessiert, ist Ihr Verhältnis zu Norbert Pruger und Doktor Eisler«, begann Weiner.

»Was für ein Verhältnis?«, fragte Frau Schöne und begann, dröhnend zu lachen.

Sofort bekam Felber wieder Beklemmung beim Luftholen.

»Pfft!«, hörte er von der Dünnen, die sich neben ihn gezwängt hatte.

Sollte er die Befragung abbrechen und in einen größeren Raum verlegen lassen, überlegte er, unterließ es aber, da die Kollegen hier wahrscheinlich ebenso mit Platzmangel zu kämpfen hatten, wie sie in Mödling.

»Nun, es ist doch seltsam, Sie sind, oder besser, Sie waren mit Herrn Pruger verlobt, wollten heiraten, und gleichzeitig verkehren Sie mit Doktor Eisler, der Ihrem Bräutigam am liebsten den Tod wünschte, der ja schlussendlich auch eingetreten ist. Ein eigenartiger Zufall, finden Sie nicht?«

Das hatte Alfred gut formuliert, fand Felber.

»Pfft!«, kam es von der Dünnen neben ihm.

»Sie verwechseln hier Äpfel mit Birnen, Herr Inspektor«, sagte Isabell Schöne erregt mit erhöhter Stimme, leichte Röte stieg in ihr Gesicht. »Das eine hat mit dem anderen doch kaum etwas zu tun. Sicherlich war der Doktor erbost, dass Norbert den Prozess verloren hatte, das hat ihm viel Geld gekostet, beziehungsweise seiner Versicherung, die daraufhin gleich die Prämie anständig erhöht hat.« Sie schlug mit der Hand auf den Tisch. »Aber den Tod hatte er ihm nicht gewünscht, das ist doch lächerlich. Ärzte sind dazu da, um Leben zu erhalten, nicht um es zu beenden.«

Diesen Satz glaubte Felber schon einmal gehört zu haben. Hatte nicht Doktor Eisler ähnlich argumentiert? War das einstudiert, um von mörderischen Geschehnissen abzulenken?

»Um das ein für alle Male festzuhalten, hier in diesem offiziellen Kreis«, ihre Stimme hatte sich noch einmal um eine Spur erhöht, »Doktor Eisler ist der Arzt meines Vertrauens, ich war bei ihm schon in Behandlung, da kannte ich Norbert noch gar nicht. Als Diabetikerin bin ich auf ärztliche Betreuung angewiesen.«

Natürlich! Auch der Doktor hatte bei der Befragung darauf hingewiesen. War das ebenso abgesprochen? Diabetes – Insulin, kombinierte er. Der Verdacht, dass sie etwas mit den Morden zu tun hatte, erhärtete sich.

Aus einem Grund, den nur Alfred kannte, ließ er diesen wichtigen Aspekt links liegen. Da musste man doch gleich nachstochern, fand Felber und wollte sich schon einmischen, hielt sich im letzten Augenblick aber zurück. Es wäre unfair seinem Freund gegenüber, und wer wusste schon, vielleicht kam er über einige Fragen, die Frau Schöne für harmlos hielt, dann mit voller Wucht zurück, konfrontierte sie mit diesem wichtigen Indiz, sodass ihr nur mehr eines überblieb – zu gestehen.

Weiner wählte eine andere Variante. »Wo waren Sie vorige Woche in der Nacht von Mittwoch auf Donnerstag?«

Isabell Schöne überlegte kurz und begann dann zu lächeln.

»Ich war hier im Casino. Mittwoch ist immer Damentag mit vielen Vorteilen für das weibliche Geschlecht. Da bin ich mit schöner Regelmäßigkeit dort.« Sie lachte hell auf. »Man könnte mich fast spielsüchtig nennen.«

»Gibt es da irgendwelche Zeugen?«

»Hunderte!« Jetzt hatte Frau Schöne Oberwasser. »Abgesehen von meiner Freundin, verschiedene Gäste, Croupiers und auch an der Bar kann man sich sicherlich an mich erinnern. Ich bin schließlich nicht jemand, den man übersehen kann, junger Mann.«

Weiners Gesicht lief rot an. Das »junger Mann« schien bei ihm nicht gut angekommen zu sein.

»Wir werden das überprüfen«, krächzte er, begann, sich zu räuspern, und vertiefte sich dann in die vor ihm liegende Mappe.

»Ha!«, ließ die Dünne sich neben Felber vernehmen. Das war's dann wohl, jetzt können wir einpacken, schoss es in Felbers Gehirn. Aber Weiner gab sich noch nicht geschlagen.

»Und Doktor Eisler war natürlich auch dabei, nicht?«

»Sind Sie wahnsinnig?«, ereiferte Frau Schöne sich. »Was sollte ich dort mit ihm? Noch dazu am Damentag, wo sich, wie schon der Name sagt, hauptsächlich das weibliche Geschlecht bei den Tischen tummelt. Das sollten eigentlich auch Sie verstehen.«

Wieder so eine versteckte Spitze, die man ihr eigentlich nicht durchgehen lassen sollte. Felber musste schmunzeln, er konnte nicht anders.

»Hi, hi, hi!«, kicherte die Dünne neben ihm.

»Was ich damit sagen will«, fuhr Isabell Schöne fort, »ich schätze Herrn Eisler als Arzt sehr, aber als Mann …?« Sie zuckte mit ihren Schultern, was ein gewaltiges Beben ihrer Körperfülle auslöste. »Mein Mann steht hier«, sie wies auf die Dünne, die neben Felber stand, »sonst brauch ich keinen.«

Sie schwieg kurz, und Felber bemerkte, dass in ihren großen Augen Tränen standen. »Außer Norbert, der war anders. Deswegen wollte ich ihn auch heiraten.«

»Sie wissen also nicht, was Doktor Eisler an diesem Abend getan hat?« Weiner versuchte, sich nicht beeindrucken zu lassen, er sah sie nicht an, sondern starrte in eine Ecke des Raumes, wo sich absolut nichts befand.

»Nein! … Doch, ich glaube, er hatte Nachtdienst.«

Was diese Frau alles wusste. War sie ein wandelnder Terminkalender, oder gab es doch ein innigeres Verhältnis mit Eisler? Felber war sich nicht schlüssig.

»Ich weiß es deshalb«, stellte Frau Schöne klar, »weil ich ihn wegen einiger Beschwerden aufsuchen wollte und er meinte, dass ich wegen seines Dienstes ins Spital kommen sollte. Ich tat das dann nicht, ging lieber ins Casino, dort war es ohnehin schöner.«

»Nun, wir werden das natürlich überprüfen«, sagte Weiner und fixierte noch einmal die Wand, als ob dort noch Fragen aufgelistet wären. Ein hilfloser Blick zu Felber brachte auch nichts.

»Ich denke, das wäre es fürs Erste«, meinte er deswegen und nahm die Mappe vom Tisch. »Sie halten sich aber weiterhin für uns zur Verfügung, Frau Schöne.«

»Wird auch Zeit!«, knurrte die Dünne neben Felber.

Ihm selbst fiel auch nichts ein, was man mit der Frau noch erörtern könnte, bis auf …

Da musste er ein ernstes Wörtchen mit Alfred reden. Wieso hatte er, als Frau Schöne bekannte, Diabetikerin zu sein, nicht nachgehakt? Ihre Ermittlungen fußten doch auf der Tatsache, dass Insulin die Todesursache war. Hatte Alfred das vergessen?

»Na, wie war ich?«, fragte Weiner ihn, als sie endlich im Auto saßen und den Weg nach Mödling einschlugen. Ein wenig Stolz hallte der Frage nach, Alfred selbst glaubte anscheinend, alles richtig gemacht zu haben. Felber dachte nach, wie er den Dämpfer, den er unbedingt setzen musste, vorbringen sollte, ohne dass Alfred, der in diesen Dingen überaus empfindlich reagieren konnte, die beleidigte Leberwurst spielte.

»Hat mir gefallen«, sagte er deshalb, »geradeheraus, hast dich von deiner Linie nicht abbringen lassen, und wir haben dadurch einiges erfahren.«

Weiner strahlte, er sah lächelnd aus dem Fenster auf die vorbeihuschenden Häuser.

»Nur etwas hat mich irritiert.« Felber bemühte sich um einen neutralen Ton. »Als Frau Schöne sagte, dass sie Diabetikerin sei, warum hast du das so widerspruchslos vorbeiziehen lassen? Wir wissen doch, dass die Männer mit Insulin ermordet wurden, irgendwo muss das doch herkommen und wer, außer einem Diabetiker, bekommt so etwas in die Hände?«

Natürlich hatte Felber diesen neutralen Tonfall nicht halten können, der Schluss hörte sich doch wie eine Anklage an.

Schweigen herrschte im Auto, und Felber fürchtete, dass Alfred nun den Beleidigten hervorkehren würde.

Doch Weiner begann schallend zu lachen.

»Das hat dich bedrückt, nicht wahr?«, rief er. »Entschuldige, du weißt das natürlich nicht, und ich hab vergessen, es zu erwähnen. Als ich das erste Mal bei Frau Schöne war, bei ihr zu Hause, fielen mir, als ich wegging, Pillenschachteln auf. Ihr Mann, also das dünne Gespenst, erklärte das mit der Diabetes und dass die Tabletten dafür nötig sind. Deswegen bin ich nicht näher darauf eingegangen, verstehst du?«

Gab es Insulin auch in Tablettenform? Und wie viele Tabletten brauchte man, um jemanden umzubringen? Er musste unbedingt mit Doktor Kudlich darüber reden. Gespräche mit Kudlich waren ihm schon abgegangen, gestand er sich ein. Hoffentlich traf er ihn an. Ein Samstag hatte schließlich eigene Gesetze.

»Warum verschweigst du uns immer die Hälfte?«, brummte er und stieg aufs Gaspedal.

*

»Du scheinst mich zu meiden, Günter«, rief Kudlich, bequem an seinem Schreibtisch sitzend, das obligate Pipettenglas in seiner Hand. »Darf ich fragen, weshalb?«

»Du bist mir auch schon abgegangen, Doktor«, entgegnete Felber.

»Dann hat dich die Gier nach einem guten Tropfen hierhergezogen, richtig?«, schmunzelte Kudlich.

»Du weißt, was ich davon halte, und eine Änderung deinerseits sehe ich nirgends in meinem Orakel.«

»Änderung? Weshalb sollte ich das tun? Das Leben ist dafür viel zu kurz«, lachte Kudlich und bekam prompt einen Hustenanfall.

»Hast du die Tarotkarten gelegt, die dir weissagten, mich besuchen zu müssen?«, witzelte der Doktor weiter, um gleich darauf einen ernsten Ton anzuschlagen: »Also, was führt dich zu mir, Günter? Habt ihr den Mörder immer noch nicht? Ich kann dir da leider nicht helfen. Es gibt keine verwertbaren Spuren, außer die Einstiche der Injektionsnadel. Absolut nichts.«

»Nun, du kannst mir vielleicht doch helfen, Doktor.« Felber musste ebenfalls husten und sah sich misstrauisch um. War der Raum von den Hustenbazillen des Doktors schon so verseucht, dass auch er ab nun diese Anfälle bekam?

»Dieses Insulin in Pillenform«, krächzte er und räusperte sich kräftig, »wie viele muss man da nehmen, um tot umzufallen?«

»Insulin als Pulver? Gibt's nicht! Verschiedene Pharmaunternehmen arbeiten zwar daran, glaube ich, aber das liegt noch in weiter Ferne.«

»Das gibt es noch nicht? Dann hat diese Frau also gelogen«, stellte Felber fest.

»Welche Frau und wieso gelogen?«, fragte Kudlich neugierig, und Felber schilderte eine kurze Zusammenfassung seiner Erlebnisse in Baden.

Der Doktor bekam einen Lachanfall, endend mit dem unvermeidlichen Husten.

»Oh, ihr unbedarften Ermittlungsbeamten. Lieber Günter, du verwechselst da Hausschuh mit Handschuh. Setz dich her, ich versuche, dich aufzuklären.« Mit der Hand wies er zu einem Hocker, der in der Nähe des Seziertisches stand.

»Es ist nämlich so«, begann er zu dozieren, »wir kennen zwei Arten von Diabetikern. Wissenschaftlich werden mehr aufgezählt, aber damit will ich dich nicht belasten.«

Dann erklärte er ihm langsam und umständlich, warum manche Menschen nur Pillen brauchten und andere nicht ohne Insulin auskamen.

Felber schwirrte der Kopf. So genau hatte er es gar nicht wissen wollen. Ihm genügte die Tatsache, dass manche eben nur Pulverl brauchten, während andere ihr Insulin zum Morden verwendeten.

»Ich hoffe, ich habe dich nicht überfordert, Günter«, sagte Kudlich mit sardonischem Grinsen. Felber konnte nur den Kopf schütteln. Eine hilflose Geste.

Ein Gedanke jagte durch seinen Kopf. Das musste er noch unbedingt wissen.

»Pulverl hin, Insulin her. Sag mir, wie viele Tabletten man braucht, um jemanden umzubringen. Nur das interessiert mich.«

»Du hast wirklich nicht aufgepasst.« Kudlich lachte meckernd. »Zu viele Pillen verursachen dir eine Magenverstimmung, Durchfall oder Schwindelgefühl, weil zu viel Insulin ausgeschüttet wird. Aber zum Tod, da brauchst du eine Unmenge, die kannst du niemandem so leicht einfüllen. Da müsste man Fessel- oder sonstige Spuren an den Extremitäten finden, und die gibt es nicht, mein Lieber.«

Die Türe zur Pathologie wurde aufgerissen und herein tanzte – man muss es so ausdrücken – Hermine, die Chefin der Spurensicherung.

»Hier wird noch gearbeitet?«, trällerte sie.

Vor Überraschung blieb Felber eine Antwort schuldig. Kudlich blickte auf seine Uhr, nahm noch schnell einen Schluck seines geliebten Dirndlschnapses und rief: »So spät ist es schon? Da sieht man wieder, die Zeit vergeht wie im Fluge, wenn man beschäftigt ist.«

Die beiden haben doch etwas miteinander, sinnierte Felber

und stolperte plötzlich über einen Gedanken. Wollte er nicht noch etwas von der Spusi wissen?

»Entschuldigt, nur eine Frage. Habt ihr irgendetwas über die Fingerabdrücke auf den Messern herausgefunden?«

Es war ein strafender Blick, den die Chefin ihm zuwarf, doch dann lächelte sie.

»Sind ja nur Fragmente, nicht zuzuordnen, zumindest nicht in unserer Kartei. Aber das weiß eh alles der Kleine. Engelbert, hopp, hopp, wie du so schön sagtest, die Zeit verrinnt.«

Der »Kleine«?! Betitelte sie so Alfred? Sollte er ihm das auf die Nase binden? Er erinnerte sich, dass Weiner einen gewissen Bammel vor der Frau hatte. Nun, das sollte so bleiben, beschloss er, sonst zerriss es Alfred vielleicht zwischen zwei Stimmungen, und er konnte sich nicht mehr auf das konzentrieren, was absolut wichtig war – die Ermittlungsarbeit.

14. Kapitel

Felber konnte sich nicht auf die beiden Morde konzentrieren. Das Erlebte in der Pathologie spukte weiter in seinem Kopf. Der Doktor und die Dicke von der Spusi – was ging da zwischen ihnen vor?

Schweigend nagte er an dem Hühnerhaxen, den Konstanze ihm als Beilage serviert hatte. Beilage deswegen, da das Hauptgericht aus Kartoffeln und einer Unmenge grünem Salat, garniert mit einigen Tomatenscheiben bestand. Sie fand, dass noch einiges am Bauchumfang ihres Ehemannes zu reduzieren sei.

»Schlechte Nachrichten?«, versuchte sie, sein Schweigen zu durchbrechen.

Anscheinend hatte Felber das nicht gehört. Er starrte vor sich hin, sogar mit dem Nagen hatte er aufgehört.

»Bärli, so schlimm kann es doch nicht sein. Rede mit mir!«, versuchte sie es erneut, diesmal mit erhöhter Lautstärke.

Felber schreckte auf und sah sie verwirrt an.

»Schlimme Neuigkeiten, mein Hase?«

»Bei mir nicht«, lachte Konstanze, »aber bei dir scheint einiges aus dem Ruder gelaufen zu sein. Behalte es nicht für dich, lass es heraus, gemeinsam überstehen wir die Katastrophe.«

»Welche Katastrophe?« Man merkte, er war noch immer nicht ganz angekommen.

»Keine Katastrophe? Irgendetwas rumort doch in deinem Kopf. So habe ich dich schon lange nicht mehr gesehen. Was stimmt denn nicht?«

Felber fand keinen auch noch so kleinen Fetzen Fleisch mehr auf dem Hühnerbein und sah das Abendessen als beendet an. Nachdem er sich noch einen Schluck Rotwein eingegossen hatte, wechselte er den Standort. Konstanze nahm neben ihm auf der Sitzgruppe Platz und kuschelte sich an ihn.

»Jetzt erzähle schon«, meinte sie. »Was bedrückt dich?«

Eheleute sollten doch alles teilen, das hatte, soweit er sich erinnerte, der Standesbeamte erklären sollen. Also bequemte er sich, Konstanze seine Befürchtungen über Kudlich und Hermine zu erzählen.

»Das ist dein Problem?«, lachte sie. »Was stört dich daran, wenn zwei Menschen vielleicht zusammenfinden? Das ist doch das Normalste auf der Welt. Du solltest froh sein, dass Kudlich jemanden gefunden hat, mit dem er sein Leben verbringen will, und nicht einsam und vergrämt stirbt.«

»Das ist es ja, was mich beschäftigt«, rief er. »Ich bezweifle, dass sie die Richtige für ihn ist. Sieh dir die Frau doch an. Bei ihrer Körperfülle kann man nur hoffen, dass sie ihre Pensionierung erlebt.«

»Das solltest du beiden selbst überlassen. Jeder sucht sich den Partner aus, der zu ihm passt, oder wird ausgesucht. Erinnere dich an uns, mein Lieber. Außerdem ist Kudlich Arzt, der hat einen besseren Blick als du. Also belaste dich nicht weiter mit Sachen, die du ohnehin nicht beeinflussen kannst. Freu dich, wenn die zwei glücklich sind.«

Felber hatte trotz dieser beruhigenden Worte seine Zweifel.

»Denk nicht weiter dran«, sagte Konstanze und griff nach der Fernbedienung. »Komm, mein Bär, wir sehen uns jetzt einen Liebesfilm an, der soll sehr nett sein.«

»Oje!«, murmelte Felber und schloss die Augen.

*

Irgendwann in der Nacht kam Felber der Gedanke, den Chef von Schloss-e-tex noch einmal aufzusuchen. Am besten in seinem Privathaus.

Am Montagmorgen in der Inspektion beauftragte er Konstanze, sich weiter mit Norbert Pruger, dem Rechtsanwalt, zu beschäftigen.

»Es kann doch nicht sein, dass bei ihm immer alles eitel Wonne war. Es muss doch auch Misserfolge, Streitereien und so weiter geben. Es ist doch unnatürlich, dass, abgesehen von Doktor Eisler, nie etwas Negatives geschah. Finde etwas.«

Dabei biss er genussvoll in seine Leberkäsesemmel. Der Hendlhaxen am Abend war doch nicht ausreichend gewesen.

Weiner bat er – tatsächlich, er befahl nicht, er bat – sich ein wenig mit Richter Hirsch zu beschäftigen. Nicht, dass er den Mann verdächtigte, aber ein Geheimnis verbarg auch er, dessen war er sich sicher, und das wollte er ergründet wissen.

Nachdem er sich an seiner Semmel delektiert hatte, nur zwei, drei eingelegte Peperoni fehlten, um den Genuss zu optimieren, er einen Rülpser gerade noch unterdrücken konnte, machte er sich auf, Hans Holtzl einen Besuch abzustatten.

»Tut mir leid«, sagte die ältere Frau, die ihm mit umgebundener Küchenschürze öffnete, »mein Mann ist vor zehn Minuten weggefahren. Sie müssten ihm eigentlich begegnet sein.«

Felber konnte sich nicht erinnern, aber er war auch in Gedanken versunken gewesen, was er Herrn Holtzl alles noch fragen wollte.

»Darf ich Sie kurz stören?«, fragte er und fand es mit einem Male nicht schlecht, dass er den Mann verpasst hatte. Seine Frau hatte vielleicht eine andere Sicht der Dinge, konnte das Gesamtbild von Guido Holtzl abrunden.

»Kommen Sie herein«, meinte sie, und Felber merkte mit einem Mal den abgehärmten Ausdruck auf ihrem Gesicht.

»Haben Ihre Bediensteten heute frei?«, fragte er, auf ihre Schürze weisend und um sie auf andere Gedanken zu bringen.

Die Frau lächelte und schüttelte den Kopf.

»Wir haben keine Bediensteten, wie Sie es ausdrücken. Ich mache alles selbst. Mein Mann will das so, und ich bin schließlich noch rüstig genug.«

Felber kratzte sich nachdenklich. »Aber ihre Firma ist doch groß und bedeutend, da kann man sich doch vorstellen, dass ...«

»Wissen Sie«, unterbrach Frau Holtzl ihn, »wir haben ganz klein angefangen, uns hochgearbeitet, alles Geld in die Firma gesteckt. Wir waren nie darauf aus zu protzen, auch nicht, als die Firma langsam zu den Besten gehörte. Mein Mann war immer der Ansicht, dass er das Geld lieber in die Forschung steckt, als dafür einer Haushälterin ein gutes Leben zu ermöglichen, und ich bin ganz seiner Meinung.«

Ein Mann von Charakter, dachte Felber, aber auch einer, der auf das Geld schaut, knauserig ist und der achtgibt, dass es nicht verschleudert wird. Wie verstand sich das aber mit den Ambitionen von Guido, der für eine Wahnidee Geld verprasste?

»Darf ich Sie etwas fragen?«, begann er, als sie im Wohnzimmer in einer etwas älteren, schon abgeschabten Ledergarnitur Platz nahmen. »Wie verhielt es sich dann mit Ihrem Neffen Guido, der doch andere Pläne, einen anderen Ehrgeiz an den Tag legte als die Übernahme der Firma?«

»Ach, der Guido«, lächelte die Frau, trotzdem perlten einige Tränen aus ihren Augen, und sie schnupfte auf. »Entschuldigung, aber ich kann es noch immer nicht fassen.« Sie schnäuzte sich, um danach fortzufahren: »Er war so vernarrt in seine Pläne, wollte nicht von ihnen lassen, obwohl Hans ihm immer wieder gut zuredete. Da gab es öfter Streit, da konnten die beiden ziemlich laut werden. Das letzte Mal war das vor mehr als einer Woche – oh Gott, an dem Mittwoch, an dem Guido Ihrer Aussage nach starb.«

»Worüber gab es denn die Auseinandersetzung?« Felber spürte ein Kribbeln in seinem Bauch.

»So genau kann ich Ihnen das gar nicht sagen.« Frau Holtzl rang die Hände. »Ich glaube, Guido wollte eine größere Geldsumme für sein Projekt, und Hans war strikt dagegen. Bei Streit und Hader geht es doch immer um Geld, nicht?«

»Meistens!«, stellte Felber nüchtern fest. »Aber es gibt natürlich auch andere Beweggründe.«

»Streit, Streit, Streit!«, ereiferte die Frau sich und blickte ihn plötzlich mit großen Augen an. »Da fällt mir ein, am Dienstag gab es schon einen solchen Vorfall. Nein, nicht mit Guido. Hans und unser Rechtsanwalt, also Herr Pruger.«

»Wissen Sie vielleicht zufällig, worum es dabei ging, Frau Holtzl?«

»Nicht direkt. Aus der Geschäftsführung habe ich mich schon vor einiger Zeit zurückgezogen, mir war das einfach zu viel, zu speziell, zu global. Es ist schon etwas anderes, eine Firma zu führen, die überall auf der Welt vertreten ist, die sozusagen den Ton angibt, als wenn man einer kleinen Fabrik vorsteht, die gerade einmal in Österreich einen gewissen Anklang findet.« Sie seufzte und holte tief Luft. »Ich glaube, Herr Pruger wollte die Firma in eine andere Richtung lenken, eine, in der man mehr Geld lukrieren konnte. Sie sehen, Herr Kommissar, alles dreht sich immer nur um Geld.«

Felber antwortete nicht, er war tief in Gedanken versunken.

Hatte doch der freundliche Herr Holtzl bei ihren Treffen ei niges verschwiegen. Maß er dem keine Bedeutung zu, oder gab es andere Gründe, diese Streitereien zu verschweigen? Einerseits konnte er sich Herrn Holtzl nicht als Mörder vorstellen, auf der anderen Seite schien er einen cholerischen Charakter zu besitzen, und im Affekt war alles möglich.

Der Mann musste in die Verdächtigenliste aufgenommen werden, da führte kein Weg vorbei.

Er hatte es plötzlich sehr eilig, von hier zu verschwinden. Diese sensationelle Nachricht musste er Alfred und Konstanze erzählen, ihnen damit noch mehr Arbeit aufhalsen, aber er fühlte, dass sie damit bei ihren Ermittlungen einen großen Schritt weitergekommen waren.

*

»Leute!«, rief Felber. Er hatte die Bürotüre aufgerissen und war in den Raum gestürmt. »Ihr werdet es nicht glauben, welche neuen …«

»Günter!«, unterbrach Weiner ihn. »Du kannst dir nicht vorstellen, welche sensationellen Ergebnisse wir erzielt haben, während du spazieren gefahren bist.«

Noch mehr aufsehenerregende Erkenntnisse, als er hatte? Das gab es doch nicht. Er war es doch, der eine Sensation in der Tasche hatte, da konnte doch Weiner mit seinen klitzekleinen Ergebnissen nicht mithalten. Sensationell sagt er, so ein Unsinn. Da konnte doch jeder kommen. Ärger stieg in ihm hoch. Ein Ausbruch stand knapp bevor, da hörte er Konstanzes sanfte Stimme.

»Günter, komm wieder herunter. Anscheinend haben wir alle gute Nachrichten, die für den Fall entscheidend sind. Die Frage ist nur, wer mit den Neuigkeiten beginnt. Da ihr beide anscheinend blockiert seid, fange ich an, ja?«

In das entstehende Gemurmel hinein begann sie zu erzählen: »Stellt euch vor, unser lieber Herr Bürgermeister hatte einen heftigen Streit mit seinem Bruder. Am vorigen Mittwoch, also eigentlich vor knapp vierzehn Tagen. Darauf ist er mit keinem

Wort eingegangen, als wir ihn beim Heurigen getroffen haben. Ich wette, dass er bald bei Paukerl erscheinen wird und sich maßlos darüber aufregt, weil keine Erfolge zu sehen sind. Dabei hat er selbst Dreck am Stecken.«

»Angriff ist die beste Verteidigung«, sagte Felber, »damit kann man gut von sich selbst ablenken. Aber sag, woher weißt du das mit dem Streit?«

»Ich war noch einmal in der Kanzlei von Pruger. Wollte sehen, wie sich Richter Hirsch in seiner neuen Position anstellt und vielleicht etwas Klatsch aufschnappen. Alfred hatte mich darum gebeten.«

Der Angesprochene saß auf der Ecke seines Schreibtisches. Seine Beine wippten hin und her, und seine Hände klopften ungeduldig auf die Oberschenkel. Er musste seine Erkenntnisse loswerden, so schnell als möglich.

Konstanze ließ sich durch das Gezappel nicht beirren.

»Günter, du kannst dich doch noch an die nette Dame erinnern, als wir gemeinsam dort waren? Hirsch war nicht da, was mich wunderte, aber die Frau meinte, dass die Kommunikation meist telefonisch erfolge. Im Moment genüge das, meinte sie, aber auf Dauer sei das untragbar. Wir plauderten noch ein wenig über Hirsch, und irgendwann fiel das Wort ›Bürgermeister‹. Da erzählte sie von dem heftigen Streit, zwischen ihm und seinem Bruder, den sie unfreiwillig mitbekam.«

»Ha! Unfreiwillig!«, lachte Felber. »Die Damen wissen schon, in welche Richtung sie ihr Ohr halten müssen. Sie hat sicher auch mitbekommen, worum es ging, nicht?«

»Sie meinte, es handelte sich um ein Grundstück, das der Bürgermeister günstig erwerben wollte.«

»Um sich damit eine goldene Nase zu verdienen«, mischte Weiner sich ein, »wenn er es dann an eine Baufirma, eine Genossenschaft oder gar ans Land verkauft. Überall nichts als Betrug.«

»Halt dich zurück, Alfred, es ist nicht immer alles so, wie es beim ersten Anschein aussieht.«

Weiner machte eine abschätzige Handbewegung.

»Man weiß doch, wie es läuft. Politiker, pah!«

»Lassen wir das einmal. Jedenfalls macht es den Bürgermeister einmal verdächtig.« Felber legte eine Pause ein, dann fixierte er Alfred. »Und, was hast du Sensationelles herausbekommen?«

»Wie du wolltest, habe ich Richter Hirsch ein wenig ins Auge gefasst. Ganz so, wie es allgemein gesagt wurde, ist es nicht gewesen. Er hat immer wieder Probleme mit der vorgesetzten Dienstbehörde wegen seiner eigenwilligen Urteilsfindung und Rechtsprechung gehabt. Als er dann für einen jungen und einen älteren Mann, beide mehrmals aktenkundig und mehrfach verurteilt, nur eine Bewährungsstrafe aussprach, legte man ihm nahe, den Dienst zu quittieren. Seitdem versucht er, als Rechtsanwalt Fuß zu fassen. Siehe, in der Kanzlei Pruger unterzukommen, oder bei der Firma von Holtzl. Beides hat er erst geschafft, als Pruger tot war. Das macht ihn doch sehr verdächtig, nicht?«

»Also, das mit der Firma von Holtzl ist mir neu, woher weißt du das?«, rief Felber.

»Ich weiß es nicht, ich nehme es an. Würde doch gut in seine Strategie passen, so, wie ich das sehe. Aber du kannst ja den alten Holtzl fragen.«

»Das werde ich auch tun.« Felber zog die Stirn in Falten. »Aber ihn deswegen als Mörder hinzustellen, halte ich für übertrieben. Der kleine dünne Mann, da passen mir eher der Bürgermeister oder Holtzl ins Bild.«

»Ich bitte dich, der Bürgermeister?«, rief Konstanze. »Das ist eine abwegige …«

Das Läuten des Telefons unterbrach sie.

»Paukerl!«, unkte Felber. »Der wird sicher wissen wollen, wie wir weiterkommen.«

Es war tatsächlich Paukerl, der seinen Ermittler zu sich befahl.

Wie immer befasste Felber sich nicht mit solchen Nebensächlichkeiten wie Anzuklopfen. Er riss die Türe auf und spähte sofort in alle Ecken. Gott sei Dank, Oberst Pelzer befand sich nicht im Raum. Dafür saß eine massige Gestalt in einem der bequemen Sessel – der Bürgermeister.

»Guten Tag, Herr Bürgermeister«, rief Felber und deutete eine Verbeugung an, »Sie kommen wie gerufen. Erspart mir eine Menge Zeit. Einige Fragen wären noch offen.«

»Günter«, stöhnte Paukerl, »der Herr Bürgermeister ist nicht hier, um mit dir ein Quizspiel zu veranstalten, er will wissen, wie die Ermittlungen vorangehen.«

»Das ist richtig, Chefinspektor«, tönte es aus der Ecke. »Ich finde, dass alles viel zu lange dauert. Die Öffentlichkeit hat doch das Recht, diese Gräueltat raschest aufgeklärt zu sehen. Das kann doch nicht so schwer sein. Ich glaube eher, dass die falschen Leute daran arbeiten.«

»Ich bitte Sie, Herr Bürgermeister«, versuchte Paukerl einzulenken, »die Besten meiner Männer ... und Frauen arbeiten daran«, setzte er nach einem giftigen Blick von Felber hinzu.

»Das mag schon sein, aber es ist zu wenig«, erregte sich Bürgermeister Pruger.

»Wir wären wahrscheinlich schon viel weiter«, hakte Felber ein, »wenn nicht gewisse Leute etwas verschweigen würden.«

»Dann setzt diese Menschen unter Druck, zwei Morde sind schließlich kein Honiglecken, da kann man ruhig mit etwas Härte vorgehen, das ist gerechtfertigt.«

Jetzt lächelte Felber. »Wenn Sie das sagen, Herr Bürgermeister. Dann erklären Sie uns bitte gleich, warum Sie uns verschwiegen haben, dass Sie genau an dem Tag, als die Morde ausgeführt wurden, mit ihrem Bruder einen heftigen Streit hatten.«

Bürgermeister Prugers Mund stand offen, seine Gesichtsfarbe wechselte auf Weiß.

»Das ist … das hat …«, stotterte er, die Farbe wechselte auf Dunkelrot, »das war privat, das geht Sie gar nichts an.«

»Das tut es schon, wenn am nächsten Tag einer der Streitenden tot aufgefunden wird«, entgegnete Felber, und ein leichtes Lächeln umspielte seinen Mund.

»Sie werden doch nicht glauben, dass ich meinen Bruder … das ist eine Frechheit. Das lasse ich mir nicht bieten. Adieu!«

Pruger sprang auf, querte das Büro und schmetterte die Türe hinter sich zu.

»War das notwendig, Günter?«, jammerte Paukerl unglücklich.

»Na ja, wenn er meint, dass die falschen Leute die Ermittlungen führen?«

»Also eine Retourkutsche! Glaubst du wirklich, dass Pruger mit der Sache etwas zu tun hat?«

»Nein! Aber Tatsache ist, dass er und sein Bruder heftig gestritten haben, und das hätte er uns schon sagen sollen.«

»Das mag schon sein, Günter, aber bei so hohen Herrschaften könnte ein wenig Fingerspitzengefühl nicht schaden.«

»Für Gefühle bist du zuständig, Chef, ich bin nur ein kleiner Polizeibeamter. So, und jetzt schaue ich, dass ich mit dem Herrn Holtzl reden kann. Der hat nämlich auch mit Norbert Pruger gestritten.«

»Nein!«, rief Paukerl. »Muss das sein?«

»Es muss!« Felber winkte zum Abschied. Diese Gespräche hatten seiner Seele gutgetan, körperlich fühlte er sich aber müde, ausgelaugt, und in seinem Hirn fuhren die Gedanken Ringelspiel. Er musste alles ordnen, katalogisieren und zusammenführen.

Das konnte er nicht im Büro, dort wurde er nur abgelenkt. So sehr er die Zusammenarbeit mit Alfred und Konstanze sonst genoss, jetzt wollte er Einsamkeit, er musste frische Luft atmen.

Bei seinem Büro blieb er stehen und überlegte, ob er den Freunden Bescheid geben sollte. Ja, das musste er, er wollte schließlich nicht, dass sie sich über sein langes Fernbleiben Sorgen machten.

»Ich komme gleich wieder«, rief er hinein, »muss mir ein wenig im Park die Beine vertreten und frische Luft schnappen, tschüss!«

»Hat Paukerl dir so den Kopf gewaschen?«, lachte Weiner, aber Felber hörte das nicht mehr.

Hinter der Inspektion und dem angrenzenden Museum lag ein kleiner, aber feiner Park mit einem Kinderspielplatz, einem Brunnen und vielen Bänken, in dem Schüler der nahen Schule ihre Pausenbrote verzehrten oder über ihre Smartphone wischten und Pensionisten die Sonne genossen.

Heute war es aber erstaunlich ruhig. Keine Kinder auf den Schaukeln oder in der Sandkiste, in einer entfernten Ecke saß ein einsamer Mann, er nahm an, ein Pensionist, am gegenüberliegenden Rand führte eine Frau ihren Hund äußerln.

Felber atmete befreit tief ein. Ja, da konnte man seine Gedanken sammeln, in Ruhe nachdenken, ohne von Geschrei oder wilder Musik abgelenkt zu werden. Tief in sich versunken, ging er mit gemächlichen Schritten den breiten Weg entlang.

War es ein Gefühl, das ihn hochblicken ließ? Er konnte es nicht sagen. Alles sah ganz normal aus. Vor ihm pickten einige Tauben Samen von der Asphaltfläche, und der Pensionist hatte sich erhoben und kam langsam auf ihn zu. Nichts, was auf eine Gefahr hindeuten würde.

Einige Meter vor ihm blieb der ein wenig zerlumpt wirkende alte Mann stehen, ein strenger Geruch wehte herüber, doch die Tauben ließen sich nicht stören und pickten auf einige Semmelbrocken, die jemand ausgestreut hatte.

»La… lassen Sie den Fall ruhen«, sagte der Mann. Es klang gepresst und wie einstudiert. Felber starrte ihn verwirrt an.

»E… ermitteln Sie nicht weiter«, wiederholte der Alte.

»Das kann ich nicht. Spinnen Sie?« Felber wusste zwar nicht, wovon dieser Mann sprach, aber einen Fall aufgeben? Welchen Fall meinte dieser Vagabund?

»Da… dann tut es mir leid.«

Die Bewegung kam aus dem Handgelenk, dadurch aufgeschreckt flatterte im selben Moment eine der Tauben auf, gab einen gurrenden Laut von sich und prallte gegen Felbers Brust.

Felber spürte einen stechenden Schmerz und blickte auf den Boden. Die Taube lag dort, durchbohrt von einem Messer. Er strich über die schmerzende Stelle, seine Finger waren voller Blut. In Deckung gehen, war sein erster Gedanke, doch die gab es hier nicht.

Den Mann sofort festnehmen, durchschoss es ihn, aber den sah er gerade noch am Ende des Parks um eine Ecke biegen.

Nachlaufen? Er sah ein, dass dies aussichtslos war.

Also Beweisstücke sichern. Er hob die Taube auf, deren Federn ebenfalls blutbeschmiert waren, und ging zu der Bank, von der er glaubte, dass dort der Alte gesessen hatte. Außer einer gefalteten Gratiszeitung sah er nichts, was er mit dem Mann in Zusammenhang bringen konnte. Da musste die Spurensicherung ran. Zum Glück steckte sein Telefon in der Hosentasche.

*

»Sie glauben auch, sich alles erlauben zu können, Herr ›Kommissar‹, nicht wahr?«, ätzte die Spurensicherungschefin Hermine. »Verändern von Beweisgegenständen, das lernt man doch schon in der Schule, dass das nicht zulässig ist.«

»Ich weiß!«, sagte Felber betroffen. »Aber ich dachte mir, ich nehme die Taube lieber mit, bevor ein Spaziergänger sie in den Mistkübel schmeißt.«

Die Chefin sah ihn durchdringend an.

»An der Stelle sind sicher noch Blutflecken, ich weiß noch genau, wie das Tier gelegen hat.«

»Sie bluten ja auch«, rief sie, als bemerke sie erst jetzt die roten Flecken auf seinem Hemd.

»Dank der Taube kann es nur ein Kratzer sein«, meinte Felber tapfer, obwohl es noch immer schmerzte. »Stellen Sie sich vor, ohne Vogel wäre ich jetzt tot. Dann hätte ich mich bestimmt nicht von der Stelle bewegt«, fügte er sarkastisch hinzu.

»Wir brauchen eine großflächige Absperrung. Heino, Max, Steher und Absperrband«, kommandierte sie und folgte Felber zum eigentlichen Tatort.

Eine kleine Blutlache markierte die Stelle, davor fanden sie noch einige Tropfen. Bedächtig legte Felber das tote Tier in die Lacke zurück, nicht ohne den völlig unnötigen Kommentar der Chefin: »Nicht das Messer berühren!«

Dann suchte er den Platz vor den Blutstropfen.

»Genau hier bin ich gestanden.« Damit sprach er Offensichtliches aus.

»Markieren und Fotos«, befahl Hermine, und Max – oder war es Heino? – beeilte sich, ihrem Wunsch nachzukommen.

»Wo stand der Angreifer?«, wollte sie wissen.

Da Felber sich nicht bewegen durfte, die Fotos hatten schließlich Vorrang, deutete er nach vorne. »Zirka vier, fünf Meter«, sagte er, und Heino – oder war es Max? – errichtete flugs eine Absperrung mit dem rot-weißen Band.

Felber wurde ein wenig schwummerig zumute. So als ob er ein Vierterl zu viel getrunken hätte. War es der Blutverlust, der dies bewirkte? Er hatte sich noch nicht um seine Verletzung gekümmert. War es doch eine tiefere Wunde?

Nachdem die Spurensicherungschefin ihn nicht mehr brauchte, schwankte er zu einer Bank und fingerte an den Hemdknöpfen herum. Die Wunde schien nicht tief zu sein, das Blut war verkrustet, die Stelle rot. Ein harmloser Kratzer. Trotzdem überkam ihn der unwiderstehliche Wunsch, die Verletzung von Doktor Kudlich begutachten zu lassen. Die Spitze des Messers, die diese Wunde verursacht hatte, war schließlich vorher durch die Taube gefahren, und wer konnte schon wissen, welche Viren und Bakterien sich in einem Tierkörper breitmachten?

15. Kapitel

Felber setzte sich in sein Auto, ohne vorher ins Büro zu sehen, ohne das blutbefleckte Hemd zu wechseln. Er fand, es hätte zu viel Aufsehen erregt, er wollte im Moment alle Diskussionen mit Konstanze und wahrscheinlich auch Weiner vermeiden. Denn wer wusste schon, was bei diesen sicherlich endlosen Debatten einstweilen die Bakterien in seinem Körper anrichteten?

Er fand, das einzig Richtige in diesem Fall war, so schnell als möglich Doktor Kudlich aufzusuchen. Außerdem brachte sein Auftritt mit blutbeflecktem Hemd sicher einen theatralischen Effekt in Kudlichs öden Alltag.

»Günter, was bringt dich in diese heiligen Hallen?«, rief der Doktor überrascht und wischte sich über den Mund. Wahrscheinlich hatte er gerade wieder eine Schnapsverkostung durchgeführt. Dann erst sah er Felbers blutbeflecktes Hemd.

»He, was ist los? Bist du unglücklich gestürzt? Du solltest hin und wieder einen kleinen Schluck meines Lebenselixiers zu dir nehmen, das wappnet gegen alles.«

»Irrtum, Doktor«, sagte Felber, und erst jetzt wurde ihm das ganze Ausmaß dessen bewusst, was ihm geschehen war. Er begann, am ganzen Körper zu zittern, und Kudlich schob ihm schnell seinen Sessel hin. Diesmal nahm Felber ohne Widerrede die Phiole mit dem Dirndlschnaps entgegen, die der Doktor ihm hinhielt.

»Trink schnell, bevor du ihn verschüttest«, mahnte Kudlich

und unterstützte seinen Arm, da das Glas gegen Felbers Zähne klapperte.

Tatsächlich wirkte der Schnaps Wunder, das Zittern ebbte ab, und Felber konnte wieder ruhiger atmen.

»Gibt es schon wieder einen Toten? Ist er so schlimm zugerichtet? Wieso hat man mich nicht gerufen?«, rief Kudlich vorwurfsvoll.

Felber sah sich bereits in der Lage, für einen kleinen Scherz zu sorgen.

»Ich wollte ihn dir ja mitbringen, aber deine Freundin hatte was dagegen.«

»Freundin? Ich habe keine Freundin.«

Jetzt plagte Felber wieder die Neugier.

»Aber du und deine … ich meine die Chefin der Spusi …«

»Hermine?«, lachte Kudlich auf. »Hermine ist nicht meine Freundin, sie ist meine Seelenverwandte.«

»Seelenver…« Felber war verwirrt, starrte den Doktor verständnislos an. Was sollte das? Eine Wortklauberei, so fand er, die berühmte zweite Seite einer Medaille.

»Mein Lieber!«, sagte Kudlich in väterlichem Ton. »Ich werde dir das einmal in einer stillen Stunde erklären.« Er bekam einen Hustenanfall und eilte zum Schreibtisch.

»So, Günter«, sagte er und wischte sich schmatzend den Mund ab, »jetzt erzähle mir einmal, was vorgefallen ist.«

Felber begann, von seinem Spaziergang zu berichten, wie er gedanklich versucht hatte, Klarheit in seine Überlegungen zu bringen, über den sicherlich verwirrten Mann, der von Beenden und Aufhören gebrabbelt hatte, und über die Taube, die gegen seine Brust geprallt war.

»Stell dir vor, Doktor, der Mann hat ein Messer nach mir geworfen, sehr geschickt, ich habe außer einer Handbewegung nichts gesehen. Wenn nicht diese Taube gerade in diesem Augenblick aufgeflattert wäre, ich würde jetzt hier auf diesem Tisch liegen.« Er klopfte auf die metallene Wanne.

»Tapferer Vogel«, warf Kudlich ein. Man erkannte nicht, ob das beruhigend oder ironisch gemeint war.

»Der eigentliche Grund, warum ich zu dir gekommen bin, ist aber ein anderer.« Felber schwieg nachdenklich, versuchte abzuwägen, wie er seine Befürchtungen, ohne den Eindruck, ein Hypochonder zu sein, dem Doktor erklären sollte.

Kudlich saß nach vorne gebeugt da, die Stirn in Falten gelegt, seine Augen neugierig funkelnd, und nickte ihm aufmunternd zu.

»Trotz der Taube ritzte oder stach mich das Messer. Die Wunde kannst du dir später ansehen«, musste Felber sich räuspern. »Was man so hört, haben Tauben ja verschiedene Krankheiten, es siedeln in ihrem Blut Tausende Bakterien und Viren. Nachdem das Messer den Körper des Vogels durchdrungen hat, bevor beide auf mir landeten – ist es möglich, dass ich jetzt eine Taubenkrankheit bekomme?«

Kudlich begann, schallend zu lachen.

»So kenne ich dich gar nicht, Günter«, rief er. »Ha! Der tapfere Gruppeninspektor hat Angst vor einer Blutvergiftung oder Tuberkulose? Darf ich dich daran erinnern, dass auch der menschliche Körper Mengen von Viren und Bakterien in sich trägt? Ich versichere dir, du bist gegen alles Mögliche gerüstet. Da brauchst du keine Furcht zu haben.«

»Lach mich nur aus, Doktor«, antwortete Felber, und es klang Beschämung mit. »Aber ich bin aus einem gewissen Grund so besorgt. Bitte, behalte das für dich, aber es wäre möglich, dass demnächst eine Veränderung in meinem Familienstand ansteht.«

»Bist du verrückt? Willst du dich scheiden lassen?«, rief Kudlich entrüstet.

»Doktor, kannst du immer nur an das Schlechteste denken?«, lächelte Felber, obwohl ihm eigentlich nicht danach war. »Im Gegenteil. Es wäre möglich, dass ich Vaterfreuden entgegensehe. Aber das ist noch top secret, verstanden?«

»Gratuliere! Polizisten werden immer gebraucht. So, aber jetzt zieh dein Hemd aus, damit ich mir deine Verletzung ansehen kann.«

Um alles besser begutachten zu können, bat er ihn, sich auf den Obduktionstisch zu legen.

»Nie und nimmer!«, rief Felber und streckte abwehrend die Hände aus.

»Hab dich nicht so«, sagte der Doktor streng, »der Tisch ist frisch gewaschen, daran ist nichts Ekliges.«

Wohl oder übel musste Felber folgen.

»Nun«, sagte Kudlich und räusperte sich, »das ist nur eine klitzekleine Verletzung. Darüber kannst du froh sein. Ich hätte nur ungern auf diesem Tisch mit dir gesprochen, wärest du tot gewesen. Ein kleiner Einstich – und es hat geblutet. Darüber kannst du dich freuen, denn die Blutung bewirkte, dass keinerlei Viren oder Bakterien bei dir eindringen konnten. Zur Sicherheit bekommst du von mir aber noch eine Spritze – vor allem zu deiner Beruhigung.«

Ächzend begab er sich zu einem Schrank, misstrauisch beäugt von Felber, der sich wunderte, weshalb ein Pathologe, der doch hauptsächlich mit Toten zu tun hatte, ein derart gut gefülltes Reservoir an verschiedensten Medikamenten besaß.

»Ah, behandelst du Patienten schwarz, vorbei an der Sozialversicherung, Doktor?«

»Immer den Kriminalbeamten hervorkehren!«, entrüstete Kudlich sich. »Das sind alles nur Probepackungen, Günter. Du weißt ja, wie die Vertreter sind. Froh, wenn sie ihren Krempel angebracht haben. Also kommen sie auch zu mir. Und hin und wieder ist es doch sehr nützlich, solche Sachen zu besitzen, ohne dass man ein Rezept schreiben und dann in einer Apotheke sich die Füße in den Bauch stehen muss. Das kommt jetzt dir zugute.«

Der Stich in den Oberarm schmerzte mehr als die Messerspitze im Brustkorb, die hatte er gar nicht gespürt.

»So, das wäre es.« Kudlich warf die Injektionsnadel in den Abfalleimer. »Jetzt kannst du problemlos mit deinem Kind spielen.«

»Doktor, muss ich es nochmals sagen? Es ist erstens noch nicht so weit und zweitens überhaupt nicht sicher, ob etwas sozusagen im Busch ist. Und bitte – behalte es für dich.«

»Ehrensache!«, rief Kudlich und hob zwei Finger in die Höhe. »Aber unter einer Bedingung. Ich bin der Erste, der es erfährt, einverstanden?«

»Na klar, Doktor«, brummte Felber und zog sich wieder sein Hemd an.

»Noch etwas, Günter! Beinahe hätte ich es vergessen.« Kudlich schlug sich mit der Hand auf die Stirn. »Da sieht man wieder, wie vertrottelt man wird. Der Mann, der das Messer geworfen hat, war ein exzellenter Könner. Der Stich in deiner Brust liegt genau dort, wo sich dein Herz befindet. Danke also Gott und der Taube, dass ich mit dir normal reden kann und keinen Monolog halten muss.«

*

Dass der Vorfall im Park ihn nicht nur körperlich, sondern auch geistig völlig erschöpft hatte, nahm Felber erst so richtig wahr, als er die Stufen zur Polizeiinspektion hinaufstieg. So einen Tag musste er erst einmal verarbeiten.

»Günter!«, schrie Konstanze auf, als er das Büro betrat. Sie sprang auf und umarmte ihn, presste sich so fest an ihn, dass er beinahe seinen Halt verlor.

»Wo warst du denn, ich habe mir solche Sorgen gemacht.« Sie trat einen Schritt zurück, hielt aber seine Schultern umklammert und sah ihm fest in die Augen. »Ich bin so froh, dich gesund wiederzusehen. Was ist das nur für eine Welt, in der man nicht einmal mehr in einen Park gehen kann, wo Kinder spielen und Pensionisten geruhsam sitzen, ohne von einem Irren angegriffen zu werden? Heutzutage gibt es zu viele Verrückte, glaube ich. Es muss ja ein Narr gewesen sein.«

Felber hatte das anfangs auch gedacht, aber je mehr er über diese Szene nachdachte, die sich tief in ihm eingebrannt hatte, desto überzeugter war er, dass etwas anderes dahintersteckte.

»Ich glaube eher, dass es mit den beiden Morden zusammenhängt.«

Weiner, der bis jetzt mit einem Lächeln am Gesicht der Gefühlsaufwallung von Konstanze zugesehen hatte und zu jedem ihrer Sätze genickt hatte, rief nun: »Genau das habe ich Konstanze auch gesagt. Da sind wir einer Meinung. Ich hoffe nur, dass die Spusi verwertbare Spuren bekommt. Sicherheitshalber sollten wir aber ein Phantombild machen. Du hast ihn doch genau gesehen und dann verfolgt, nicht?«

»Du denkst irrational, Alfred. Wäre ich ihm gefolgt, könnte ich nicht die Spusi benachrichtigt und den Vogel in Sicherheit gebracht haben. Aber das Gesicht des Mannes werde ich nicht so schnell vergessen.«

»Wo warst du dann so lange, Günter?«, wollte Konstanze nun wissen. »Als wir diesen Wirbel mitbekommen haben, sind wir auch kurz in den Park, von dir war aber weit und breit nichts zu sehen.«

»Kudlich!«, sagte Felber. »Ich wollte ihm meine Verletzung zeigen.«

»Du bist verletzt?«, rief Konstanze und bemerkte anscheinend erst jetzt das blutbeschmierte Hemd. »Schwer? Lass sehen.«

»Nur ein Kratzer«, winkte Felber ab. »Ein Pflaster genügt, meinte der Doktor.«

Seine Befürchtungen verschwieg er. Ihm reichte schon die jetzige Aufregung, obwohl ihre Anteilnahme ihn natürlich freute. Ihm war zwar nicht danach, aber es musste sein, solange die Erinnerung frisch war.

»Hilfst du mir beim Phantombild, Alfred?«

»Das mache ich, Günter«, meinte Konstanze resolut. »In dieser Sparte bin ich einfach besser als Alfred.«

Ehe sie sich am Computer zu schaffen machen konnten, läutete das Telefon.

»Günter, zu mir!« Knapp wie immer kam Paukerls Stimme durch den Hörer.

Felber verdrehte die Augen. »Das muss noch ein bisschen warten«, sagte er und erhob sich ächzend.

Wie immer riss er die Türe zu Paukerls Büro auf und spähte in alle Ecken.

»So eine Sauerei, in die du …«, begann Paukerl mit bekümmerter Miene.

»Eher eine Tauberei, Chef«, unterbrach Felber ihn. »Es war die Taube, nicht das Schwein, das …«

»Dass du darüber noch Scherze treiben kannst, Günter. Wie kommen wir dazu, dass Beamte angegriffen werden, wir sind doch nicht in Amerika.«

»Alles Gute kommt von drüben«, wagte Felber noch ein Witzchen, doch keiner konnte darüber lachen.

»Lassen wir das.« Paukerl winkte ab, doch dann bemerkte er Felbers blutiges Hemd. »Du bist doch nicht verletzt worden, Günter, oder?«

»Ein paar Tropfen von mir, viel von der Taube«, versuchte er zu beruhigen, »ein kleiner Kratzer, nicht der Rede wert, meint Doktor Kudlich.«

»Du warst bei ihm? Sehr gescheit!«, meinte Paukerl und drehte versonnen seinen Kugelschreiber im Kreis. »Mit dieser Attacke eines Verbrechers auf dich sind nun wohl deine witzigen Verdachtsmomente gegen den Bürgermeister und Herrn Holtzl aus der Welt geschafft, nicht?«

»Weshalb? Ein Gangster ist rasch gekauft.«

»Ich bitte dich, das ist doch an den Haaren herbeigezogen. Befrei dich endlich von dem Wahn, dass ein Prominenter in diese Taten verwickelt ist. Ich hoffe, ihr könnt diesen Verbrecher schnell identifizieren und einbuchten. Dann wirst du ja sehen, welchen Schwachsinn du dir manchmal einbildest. Gibt es schon ein Foto von dem Kerl?«

»Wir wollten gerade ein Phantombild erstellen, da ...«

»Dann macht das fix, wir dürfen keine Zeit verlieren.« Paukerl wedelte zum Abschied mit der Hand.

16. Kapitel

Felber schreckte aus dem Schlaf hoch. Er hatte den Flügelschlag eines Vogels gehört, ein quietschendes, beinahe metallisches Geräusch, wie es Tauben verursachen, wenn sie abheben. Er tastete nach dem Lichtschalter. Wie war das Tier nur hereingekommen? Er bildete sich ein, das Fenster geschlossen zu haben, weil am Abend starker, kalter Wind aufgekommen war.

Natürlich war nirgends ein Vogel zu sehen, wie auch? Ein Albtraum, stellte er fest – dass ihm so etwas auch einmal geschehen würde, damit hatte er nicht gerechnet. Langsam stellte sich wieder Ruhe bei ihm ein, und liebevoll blickte er auf Konstanze. Sie lag auf dem Rücken, aus dem leicht geöffneten Mund drangen leise Schlafgeräusche. Bestand tatsächlich die Möglichkeit, dass er Vater wurde? Er bildete sich ein, bei ihr eine leichte Wölbung des Bauches bemerkt zu haben. Das wäre eine neue Erfahrung für ihn, er wusste nicht, ob er dieser gewachsen wäre. Aber schließlich gab es immer Neues, dem man sich stellen musste. Wie zum Beispiel diese verflixten Ermittlungen, die möglicherweise ins Prominentenmilieu führten.

Er und Konstanze hatten gestern noch stundenlang am Computer gesessen, um ein genaues Bild dieses Messerwerfers zu erstellen. Er hoffte, dass heute das Ergebnis der Spusi vorlag, dass dieser Mann bereits einmal aktenkundig geworden war, sonst wäre das wieder einmal eine sprichwörtliche Suche nach der Nadel im Heuhaufen, und vor dieser Aussicht schauderte er. Wird schon gut gehen, dachte er optimistisch, vor allem sollte ich ausgeruht sein. Er drehte sich auf die Seite und schaltete das Licht aus.

*

Ein scheinbar gut gelaunter Weiner blickte ihnen entgegen, als er und Konstanze das Büro betraten. Sein Computer war bereits hochgefahren, und es sah so aus, als ob er bereits etwas Interessantes gefunden hätte.

»Einen wunderschöner Morgen euch beiden«, rief er lächelnd.

Felber konnte das nicht nachvollziehen, denn in Wahrheit hingen dicke dunkle Wolken über der Stadt, und ein kalter Wind zeigte an, dass sicher bald Wassermassen die Stadt vom Schmutz der vergangenen Tage reinigen würde.

»Ich hätte mir das nie träumen lassen, aber verheiratet zu sein, hat wirklich Vorteile. Wunderschöne noch dazu.« Sinnierend starrte Weiner an die Zimmerdecke.

»Hat Lieselotte heute frei, und hast du endlich ein anständiges Frühstück bekommen?«, lachte Konstanze.

Felber hatte stattdessen morgendlichen Sex vor Augen.

»Was glaubst du denn? Frühstück bekomme ich immer, da sieht Lieselotte genau darauf. Nein, ich habe einfach gut geschlafen, traumlos, trotz Günters gestrigem Abenteuer.« Weiner fixierte Felber. »Du weißt, dass ich mich immer beschwere, weil du Abenteuer erlebst, während ich in diesem Kammerl sitzen muss. Aber auf ein solches wie deines gestern kann ich dankend verzichten.« Er hieb mit beiden Händen auf die Tischplatte. »Deswegen gehört einmal gesagt, dass ein Tag, an dem nichts passiert, ein wunderschöner Tag ist.«

»Na, hoffen wir, dass du damit richtigliegst«, meinte Felber nüchtern.

»Das kann aber nicht der einzige Grund sein, dass du heute so gut aufgelegt bist«, stichelte Konstanze, »da muss doch noch etwas sein?«

»Familiengeheimnisse werden hier nicht erörtert«, sagte Weiner, und eine leichte Röte überzog sein Gesicht.

Also doch, dachte Felber, da lag ich nicht so unrichtig. Laut sagte er aber: »Vielen Dank für deine aufmunternden Worte, Alfred, das war sehr lieb von dir. Aber jetzt sollten wir langsam versuchen, unsere Arbeit zu tun, damit so etwas nicht noch einmal geschieht.«

»Klar, Günter!«, rief Weiner. »Wollt ihr einen Kaffee?«

Felber dachte kurz an die Möglichkeit, sich dadurch ein gepflegtes Magengeschwür aufzureißen, doch dann nickte er. Kaffee musste einfach sein.

Wenn sie bei diesem verzwickten Fall erfolgreich sein sollten, wollte er bei Paukerl eine Eingabe für eine eigene Kaffeemaschine machen, sozusagen als Belohnung. Trotz aller Sparvorgaben des Chefinspektors sollte das möglich sein. Vielleicht auch als Spende, sollte einer der Prominenten nicht in diesen Fall verwickelt sein.

»Also!«, meinte er, als der dampfende Becher vor ihm stand. »Hat die Spurensicherung sich schon gemeldet? Wenn nicht, dann mach ein bisschen Dampf, Alfred.«

»Du wirst lachen, Günter, die waren tatsächlich schon sehr fleißig. Haben alles ausgewertet, wir haben schöne Fingerabdrücke von diesem Messerwerfer.«

»Warum hast du das nicht gleich gesagt?«, schrie Felber aufgebracht. »Wieso mussten wir uns dann einen Vortrag über einen schönen Morgen anhören, obwohl es wie aus Gießkannen schüttet?« Er wies zum Fenster, an dem die Tropfen in Strömen hinunterliefen, als ob der Tag der Sintflut gekommen wäre.

»Entschuldige! Ich wollte dich bloß ein wenig aufmuntern.

Lieselotte meinte, dass du das brauchst«, sagte Weiner gekränkt.

»Günter weiß das auch zu schätzen«, mischte Konstanze sich ein.

Felber brummte vor sich hin. Er wusste, dass sein Ausbruch falsch gewesen war, aber dieser Fall zog an seinen Nerven.

»Das war nicht so gemeint, Alfred«, sagte er versöhnlich, »aber der gestrige Tag war nicht so ohne, wie du dir vorstellen kannst. Wir müssen diesen Fall so schnell als möglich klären, sonst lande ich noch in der Psychiatrie.«

»Na, na!«, meinte Konstanze besänftigend. »Also, Alfred, leg los.«

*

Eine Fingerprintsuche kann schnell gehen, sich aber auch in die Länge ziehen. Felber trommelte mit den Fingern auf den Tisch und überlegte, ob er in der Zwischenzeit nicht doch Hans Holtzl aufsuchen sollte. Andererseits war das Durchlaufen der Fingerabdrücke auch eine spannende Sache. Jede Sekunde konnte der Computer »Ping!« machen und den Übeltäter präsentieren. Da wollte er auf jeden Fall dabei sein. Was nützte es ihm, wenn er nach ein, zwei Stunden zurückkam und Weiner ihm erzählte, dass sie den Mann hatten? Das war nicht das Gleiche. Höchstens ein Abklatsch.

Langsam sank aber die Spannung, Felber wurde unruhig, Langeweile breitete sich aus. Dann fiel ihm ein, dass es ja noch andere Möglichkeiten gab als eine direkte, von Angesicht zu Angesicht geführte Konversation. Wozu gab es ein Telefon? Felber bevorzugte zwar das direkte Gespräch, da konnte man körperliche und mimische Reaktionen erkennen, Dinge, die laut nie geäußert werden wollten oder konnten, die aber dem

Wahrheitsgehalt des gesprochenen Wortes oft diametral gegenüberstanden.

Er gestand sich ein, dass er Holtzl eigentlich nicht mit den Morden in Verbindung brachte. Von Interesse für ihn war aber, weshalb dieser und Pruger heftig gestritten hatten. Nebenbei, aus reiner Wissbegierde war er auch gespannt, wer die Nachfolge von Pruger antreten würde. In seinem Hinterkopf schwirrte ein Name herum, und den wollte er bestätigt wissen.

In seine Überlegungen hatte der Computer sich nicht eingemischt, nach wie vor surrte ein Fingerabdruck nach dem anderen über den Bildschirm. Felber griff zum Telefon.

Den Chef einer größeren Firma an den Apparat zu bekommen, ist nahezu ein Ding der Unmöglichkeit. Man wird verbunden, in die Warteschleife gesetzt, wieder verbunden, noch einmal zu einem anderen Teilnehmer gestellt, und schließlich erklärt die Sekretärin, dass der Chef gerade das Haus verlassen hat.

Felber hatte das Glück, die private Nummer von Hans Holtzl zu besitzen, die dieser ihm bei ihrem ersten Treffen überreicht hatte.

Herr Holtzl war auch gleich am Apparat. Als Felber ihn nach dem Streit mit Pruger fragte, herrschte einen Moment Stille.

»Ich weiß nicht, woher Sie das haben«, quäkte es aus dem Telefon, »aber ja, wir haben gestritten, gewaltig sogar. Wollen Sie mir etwa damit unterstellen, werter Inspektor, dass ich mit den Morden …«

»Nein, nein!«, beeilte sich Felber zu versichern. »Keineswegs. Trotzdem würde mich interessieren, worum es gegangen ist. Nur für mich, um das Bild abzurunden. Für die Akten ist es sicher uninteressant.« Das »Wahrscheinlich!« verschluckte er lieber.

»Nun, es war so«, sagte Holtzl, »Pruger wollte die Firma auf eine andere Schiene bringen. Er hatte vor, ein Billigsegment einzuführen, bei unserem Namen in der Branche brächte das mehr Gewinn. Wissen Sie, wenn man es mit Eifer und Qualität zustande bringt, einen gewissen Ruf zu erlangen, dann steht es für mich außer Frage, dass dieser Standard erhalten bleiben muss und nicht mit Billigware ad absurdum geführt wird. Bei dem Vorschlag, ja, die Bestimmtheit, mit der das vorgetragen wurde, ich fand es fast eine Erpressung, sind mir die Sicherungen durchgebrannt. Deswegen der Streit. Aber glauben Sie mir, ich habe ihn nicht ermordet. Noch dazu mit meinem Neffen. Ich hätte ihm gekündigt, obwohl es dann für mich, das heißt für meine Firma, nicht leicht geworden wäre. Pruger hatte nämlich einige finanzkräftige Investoren zur Hand, die er dann abgezogen hätte.«

»So ist es jetzt natürlich leichter, ich verstehe«, meinte Felber.

»Leichter, leichter!«, erregte Holtzl sich. »Ich frag mich, weshalb ich noch weitermachen soll, könnte schon lange in Pension gehen. Hab doch nur weitergeschuftet, damit Guido endlich doch die Firma übernimmt.«

»Das war es auch schon, Herr Holtzl«, sagte Felber und tat, als ob ihm noch etwas einfiele. »Nur eine Frage noch. Wer übernimmt denn nun den Job von Doktor Pruger?«

»Na ja, die Kontinuität muss gewahrt bleiben. Doktor Hirsch wird die Funktion übernehmen. Er war ja schon einmal bei uns im Gespräch.«

»Das war's jetzt wirklich. Vielen Dank, Herr Holtzl.« Felber beendete das Gespräch.

Der Doktor Hirsch hat es ja gut, dachte er, durch den Tod von Pruger bekommt er gleich zwei sehr ertragreiche Stellen. Während er noch über diese Fügung nachdachte, ertönte ein »Ping!«.

»Na endlich!«, maunzte Weiner. »Dieses Warten kann ganz schön an den Nerven zerren.«

Wie man es aus diversen Krimireihen im Fernsehen kennt, prangte das Bild des Verdächtigen neben dem übergroßen Fingerabdruck.

»Alfred, lass dir nicht so viel Zeit, sag schon, wer ist der Mann?« In Felber erwachte das Jagdfieber.

»Albert Helmer!«, buchstabierte Weiner. »Na, der Kerl hat ja eine schöne, lange Karriere hinter sich. War das der Mann im Park, der dich ins Nirwana schicken wollte, Günter?«

»Über so etwas macht man keine Witze«, knurrte Felber und beugte sich näher zum Bildschirm. »Ich sehe nur Details«, beschwerte er sich, »dass er eine Glatze bekommt, dass er dunkle Augen hat. Sag, kannst du das Foto nicht größer machen?«

»Sorry!«, schüttelte Weiner den Kopf. »Wenn du mit der Nase am Bildschirm klebst, kannst auch kaum etwas erkennen. Geh einen Schritt zurück.«

Felber folgte unwillig der Aufforderung. Lange stand er da und betrachtete das Bild.

»Scheint zwar ein altes Foto zu sein«, sagte er dann bedächtig, »aber ja, das ist der Mann.«

»Endlich haben wir ihn, mein Bär«, jubelte Konstanze. »Jetzt müssen wir ihn nur noch finden.«

»Das werden wir auch«, meinte Felber und streichelte ihre Schulter. »Alfred, schau, dass wir schnellstens den Akt bekommen.«

»Ist schon in Arbeit, Chef«, rief Weiner übermütig.

*

Die Stimmung im Büro hatte sich schlagartig gedreht. Mit dem Bild des Mannes, mit der Erkenntnis, dass er gewaltbereit war, hatte dieser Fall wieder neuen Schwung bekommen.

Das Foto wurde vervielfältigt, jedem einzelnen Streifenpolizist in die Hand gedrückt, mit dem Hinweis, dass der Mann bewaffnet sei, und der eindringlichen Warnung, dass er flink mit dem Messer sein konnte.

Felber hasste diese Routinearbeit, die meist kaum Ergebnisse brachte, die aber naturgemäß getan werden musste. Sein Chef Paukerl hatte dazu einmal ein Sprichwort geäußert: »Auch ein blindes Huhn findet manchmal ein Korn.« Felber konnte dem nur zustimmen.

Trotzdem musste man alle Möglichkeiten ausnützen, musste alles versucht werden, um diesen Albert Helmer schnell aus dem Verkehr zu ziehen.

Felber überließ also Konstanze diese Aufgabe, forderte Weiner auf, alles, was es über diesen Helmer gab, das heißt mehr oder weniger seinen kompletten Lebenslauf, aus dem Computer herauszukitzeln. Er selbst zog sich zum Nachdenken zurück.

Da seiner Ansicht nach im Büro zu viel Wirbel herrschte, stapfte er die Kellerstiege hinunter, in die ehemalige Registratur, die zu einer Rumpelkammer mutiert war, in der alte Akten und kaputte, beziehungsweise nicht mehr benötigte Möbel lagerten. Die konnte man nicht einfach entsorgen, denn nach alter Beamtentradition befanden sich diese noch immer auf der Inventarliste und waren somit heiliges Staatseigentum.

Er blickte sich nach Putzfetzen um, aber Staubtücher schienen nicht unter das strenge Inventargesetz zu fallen. Also wischte er mit seiner Hand über die Platte eines wackeligen Tisches und über einen Sessel. Die schmutzigen Finger putzte er notgedrungen an seiner Hose ab. Die war zum Glück in Saharagelb gehalten.

Dann fiel ihm ein, dass es möglicherweise alte Akten gab, die über Helmer angelegt und vielleicht der elektronischen

Erfassung entgangen waren. Er ging in den hinteren Teil des Raumes, in dem rostige Regale, bepackt mit Schachteln und verschnürten Bündeln, vor sich hin dämmerten.

Er erinnerte sich, dass er schon in einem seiner Fälle als Mordermittler hier fündig geworden war.

Von der hintersten Wand leuchtete ihm helles, aber sicher vergilbtes Papier entgegen. Der letzte Polizist, der hier gearbeitet hatte, wollte anscheinend etwas Erfreuliches, etwas zur Verschönerung in den tristen, nach Staub und Papier riechenden Raum bringen und hatte, um das Herz zu erfreuen, einige Plakate an die Wand gehängt. Er dürfte ein Zirkusliebhaber gewesen sein, einige großformatige Ankündigungen von Veranstaltungen, die vor vielen Jahren Mödling beehrt hatten, hafteten hier, die Farben etwas ausgebleicht, aber mit Ankündigungen, die man in einem Zirkus der heutigen Zeit nicht mehr zu Gesicht bekam. Löwenbändiger, Tiger, Pistolenschützen und auch Messerwerfer wurden hier marktschreierisch angepriesen.

Ein Gesicht zog ihn unwiderstehlich an. Es war zwar nur ein gezeichnetes Porträt, Fotos schien man damals auf Plakaten noch nicht verwendet zu haben, oder es passte nicht in das Konzept des Zirkusdirektors. Die bunte Zeichnung erinnerte ihn an den Mann im Park.

»Circus Lenardo« las Felber, und in kleineren Buchstaben wurde auf die Sensation hingewiesen: »Der schnelle Gonzales«, die Messerwurfattraktion.

Ein vormals weißer Papierstreifen, unten auf das Plakat geklebt, wies auf den Aufführungszeitraum hin. Felber interessierte nur die Jahreszahl, eintausendneunhundertsiebenundneunzig.

Wie die Zeit verging. Fast zwanzig Jahre, überschlug er.

Doch an den Zirkus konnte er sich nicht erinnern. Natürlich

hatte man in dem Alter damals anderes im Kopf als Zirkus. Er glaubte, zu dieser Zeit gerade mit der Polizeiausbildung begonnen zu haben. Jüngere Geschwister gab es nicht, also warum sollte er? Wichtig war gewesen, mit Freunden die Disco zu besuchen oder in Wirtshäusern herumzuhängen. Obwohl ihm an dem nie sehr viel gelegen hatte, aber was machte man nicht für die Freundschaft.

Er notierte sich geistig, Konstanze zu bitten, in Regionalzeitungsarchiven zu stöbern, und wandte sich den staubigen Aktenbergen zu.

Tatsächlich fand er einige schmale Mappen, zog sie aus dem Stapel hervor und trug sie zu seiner provisorischen Arbeitsfläche.

Es waren meist harmlose Delikte. Einfacher Diebstahl, ein versuchter Betrug, doch der letzte Akt enthielt einen Handtaschenraub, bei dem die Bestohlene verletzt worden war. Den hatte Helmer mit einem Jugendlichen verübt, der noch keine vierzehn Jahre alt gewesen war.

Albert Helmer hatte vor Gericht zwar versichert, dass Max Adler, also der Junge, diesen Raub ausgeführt hätte, aber ihm glaubte natürlich niemand.

Diebstahl, Handtaschenraub, versuchter Betrug – konnte jemand, der solche ziemlich harmlosen Delikte ausführte, konnte der in der kriminellen Karriereleiter zum Mörder hochklettern? Felber bezweifelte das. Es musste etwas sehr Eingreifendes geschehen sein, um auf diese Laufbahn einzuschwenken.

Er studierte noch einmal die Zeichnung auf dem Plakat – ja, das war Albert Helmer in jungen Jahren.

Zufrieden mit den Ergebnissen, trotzdem nachdenklich, stieg er in höhere Sphären auf, ins Büro im ersten Stock.

Der Angriff auf ihn, schloss er messerscharf, konnte nur mit den beiden Morden zusammenhängen. Anders war Helmers

Gebrabbel nicht zu verstehen. Weshalb aber der Anwalt und der junge Holtzl sterben mussten, war nicht erkennbar. Hatte Pruger ihn einmal verteidigt, und meinte Helmer, dass er von ihm schlecht vertreten worden war? Das lag dann sicher schon einige Zeit zurück, Pruger hatte sich doch auf Wirtschaftsrecht spezialisiert. Vielleicht war dies tatsächlich geschehen, und Helmer, vielleicht in Geldnot und in einer Zwangslage, versuchte, Pruger zu erpressen, und als dieser sich weigerte, etwas Geld lockerzumachen, ermordete er ihn in einem Hassanfall. Weshalb musste dann aber auch Guido Holtzl sterben?

Doch dieser Tathergang war eher unwahrscheinlich, da ja keine Affekthandlung sich vorlag, die Morde sorgfältig geplant worden waren, noch dazu mit Insulin.

Trotzdem nahm er sich vor, nach Apothekeneinbrüchen zu forschen.

Im Büro herrschte lockere Stimmung.

»Mein lieber Mann!«, freute Weiner sich. »Wir haben alles über diesen Helmer. Wusstest du, dass er im Zirkus als Messerwerfer aufgetreten ist?«

»Weiß ich«, nickte Felber, sah das enttäuschte Gesicht von Alfred und berichtete schnell über seinen Fund im Archiv.

»An dich, Konstanze, habe ich eine Bitte«, wandte er sich an seine Frau. »Such in den Zeitungsarchiven nach einem Zirkus ›Lenardo‹ und im Speziellen nach einem Messerwerfer namens ›Gonzales‹, das war nämlich Helmer. Irgendetwas muss ihn aus der Bahn geworfen haben, ein Unfall, ein Unglück oder der Konkurs vom Zirkus. Ein Ereignis muss ihn auf die schiefe Bahn gebracht haben. Sei so gut, ja?«

Auf ihren pikierten Blick hin fügte er noch hinzu: »Ich mache das nicht, damit uns die Arbeit nicht ausgeht, klar?«

»Kann ich jetzt weiter …?«, lenkte Weiner die Aufmerksamkeit wieder auf sich, »Also, Helmer hat ganz schön was auf dem

Kasten. Diebstähle, Einbrüche, Raubüberfälle und Betrügereien. Am Schluss leistete er sich sogar Einbrüche, während die Bewohner im Haus waren.« Weiner starrte auf die ausgedruckten Papiere. »Dafür gibt es sogar einen eigenen Ausdruck, aber der fällt mir im Moment nicht ein. Ich meine, wenn man in Kauf nimmt, dass dabei die Bewohner verletzt, gefesselt und geschlagen werden, nur damit sie ihre Wertsachen verraten.«

»Ist ja auch egal, Alfred. Hat sicher zuerst ein Journalist erfunden«, meinte Felber. »War es das?«

»Noch etwas sehr Interessantes, Günter«, sagte Weiner eifrig. »Die meisten dieser Taten beging er nicht allein. Fast immer war ein zweiter Mann beteiligt. Ein Max Adler. Sind auch gemeinsam gefasst und verurteilt worden. Immer. Sehr gescheit haben es die zwei nie angestellt. Das heißt aber auch, dass wir …«

»… nach einem weiteren Mann suchen müssen«, unterbrach Felber ihn.

»Genau!«, grinste Weiner, »Ich bemühe mich gerade, das Foto von Max Adler zu bekommen. Das andere ist schon draußen. Wenn sie sich weiter so unbeholfen anstellen, dann haben wir sie bald, und du brauchst keinen Personenschutz mehr.«

»Ich, Personenschutz? Bist du noch zu retten?«

17. Kapitel

Beim Abendessen war Felber sehr schweigsam.

»Schmeckt es dir nicht?«, fragte Konstanze besorgt.

»Nein, nein«, sagte er und schluckte schnell den letzten Bissen hinunter, »mir geht nur so vieles im Kopf herum.«

Konstanze ließ ihn gewähren, doch als sie auf dem Sofa saßen, fing sie wieder an.

»Was beschäftigt dich denn so, mein Bär?«

Felber brachte seine Überlegungen und Bedenken vor.

»Du hast recht«, nickte Konstanze, »irgendwie passt das Ganze nicht zusammen. Nach allem, was ich von den beiden gelesen habe, und es ist ja davon auszugehen, dass alle zwei darin involviert sind, kommen sie mir nicht so besonders hell vor. Es könnte doch sein, dass ein Auftraggeber dahintersteckt.«

»Mein kluges Köpfchen«, quälte er sich ein Schmunzeln ab, »ja, das ist sogar sehr wahrscheinlich, aber wer sollte das sein?«

Sie zuckte mit den Achseln und strich ihm über den Kopf.

»Genug für heute, entspann dich, morgen bekommen wir sicher mehr und neue Antworten«, sagte sie resolut, während sie den Fernseher einschaltete. Sie sahen einen Kriminalfilm, der Felber mehr an ein Lustspiel erinnerte.

*

Am nächsten Tag, als sie im Büro saßen, sah es aber nicht danach aus. Weiner starrte auf den Computerbildschirm und klickte diverse Seiten an.

Auch Konstanze beschäftigte sich mit Klicken. Felber erinnerte sich, dass er sie gebeten hatte, über den Zirkus zu recherchieren. Aber was tat Alfred? Hatte er ein Spiel auf den Computer geladen, oder suchte er etwas für seine Frau Lieselotte? Parfum? Kinderwagen? Windeln? Babypuder?

Ärger stieg wieder einmal in ihm hoch. Er sollte doch die Ermittlungen vorantreiben und nicht …

Felber fühlte sich aber zu träge, zu müde zum Aufstehen. Noch dazu begann sein Magen zu grummeln.

»Alfred, was machst du eigentlich?«, rief er grantig.

»Ich seh mir die Akten unserer beiden Verdächtigen genauer an, vielleicht finde ich etwas, das uns weiterhilft. Das wolltest du doch.«

»Ach so!«, knurrte Felber, und sein Magen tat es ihm gleich.

»Ich komme gleich!«, rief er und stand auf. In dieser heiklen Phase der Ermittlungen brauchte er unbedingt eine Stärkung in Form einer Leberkässemmel.

Sie war beinahe aufgegessen, als er zurückkehrte. War das ein Genuss, obwohl die besonders scharfen Peperoni ihm Sodbrennen verursachten und er einige Rülpser nicht unterdrücken konnte. Schuldbewusst schielte er zu Konstanze. Doch die starrte angestrengt auf ihren Bildschirm, und ihre Lippen formten lesend die Buchstaben nach.

Dann hob sie den Kopf, und ihre Blicke trafen sich. Ein breites Grinsen überzog ihr Gesicht.

»Ich hab es!«, rief sie. »Das muss der Auslöser für alles gewesen sein.«

Felber schluckte schnell das letzte Semmelstück hinunter und ging zu ihr.

»Da!«, deutete sie auf den Monitor. »Ein Bericht unserer Regionalzeitung.«

Laut diesem war es bei der vorletzten Vorstellung, den der Zirkus in Mödling abhalten wollte, zu einem blutig ausgehenden Unfall gekommen. Der »schnelle Gonzales«, so titelte das Blatt, traf durch Unachtsamkeit oder durch Ablenkung wegen eines schrillen Angstschreis im Publikum das Mädchen Rosamunde, deren Umrisse er mit seinen Messern nachzeichnen sollte, in den Oberarm.

Das Publikum war zuerst erschüttert, dann kam es zu Tumulten, einige wollten den Ungeschickten, der nach Meinung zahlreicher Zuseher bestimmt betrunken war, zur Rechenschaft ziehen.

Schließlich musste die Polizei das Zelt räumen und gegen einige besonders Mutige vorgehen, die den Bärenkäfig und die Pferdekoppel geöffnet hatten. Nur zum Tigerkäfig traute sich niemand hin.

»Da muss es ja ganz schön zugegangen sein«, meinte Konstanze, »kannst du dich nicht daran erinnern?«

Felber verneinte. »Wann war denn das?«

»Neunzehnhundertsiebenundneunzig.«

Ah! Vielleicht hing deswegen das Plakat unten im Keller.

»Da war ich entweder schon in der Polizeischule oder hatte andere Interessen als den Zirkus.«

»Wahrscheinlich Mädchen, richtig?«

Felber wollte darauf nicht näher eingehen und schob die Schule vor, obwohl er sich in Wahrheit nicht daran erinnern konnte.

»Hast noch etwas Wichtiges herausgebracht?«, fragte er stattdessen.

»Nur dass der Zirkus kurz danach zu existieren aufgehört hat. Entweder waren die Beschädigungen nach diesem Aufstand so groß gewesen, dass er in Konkurs ging, oder er hat vielleicht unter anderem Namen weitergemacht.«

»Bravo!«, sprach Felber Lob aus. »Jetzt wissen wir, weshalb es Helmer auf die schiefe Bahn gebracht hat. Arbeitslos geworden, hat er wahrscheinlich zu trinken begonnen, wenn er das nicht schon bei seiner Arbeit gemacht hat, dann brauchte er Geld, um sich die Sauferei leisten zu können, und so fügt sich ein Rädchen in das andere. Wir kennen das ja zur Genüge.«

»Ich glaube, ich habe auch etwas Interessantes gefunden«, mischte sich Weiner, der nur mit einem halben Ohr zugehört hatte, ins Gespräch ein. »Aber das verrate ich euch noch nicht. Erst wenn ich hieb- und stichfeste Beweise habe. Ist im Moment nur so eine Idee.«

Das wollte Felber nicht gelten lassen. Ideen waren doch im Moment gefragt, um in diesem verzwickten Fall endlich weiterzukommen. Da sollten doch alle daran teilhaben.

Aber Weiner ignorierte ihn, verschanzt hinter seinem Bildschirm.

Felber seufzte, verdrehte die Augen und sah zu Konstanze, die ihn amüsiert anlächelte.

Also auch sie. War das ein Komplott gegen ihn, untergrub man seine Autorität?

Er öffnete den Mund, um eine geharnischte Rede über Zuständigkeiten, Gemeinschaftsarbeit und Zusammenhalt loszulassen, als an die Türe geklopft und diese hernach gleich aufgerissen wurde. Klober, ein älterer, nie auf Karriere bedachter Kollege, lugte herein und grinste über das ganze Gesicht.

Felber kam nicht dazu, eine Mahnung zur Etikette beim Türöffnen auszusprechen.

»Ah, ihr seid eh da«, rief Klober, »eine gute Nachricht. Wir haben sie.«

Einen Augenblick lang war Felber verwirrt. Welche Frau war zur Fahndung ausgeschrieben?

»Ihr seid super!«, rief Konstanze begeistert, und erst da realisierte er, dass Helmer und Adler gemeint waren.

»Wo sind sie?«

Er stemmte sich aus dem Sessel hoch, stand mit aufgestützten Armen da und starrte Klober an.

»Wir haben sie sofort in den Verhörraum gebracht, ich wusste ja, dass ihr gleich mit ihnen reden wollt.«

»Wo habt ihr sie gefunden?«, wollte Konstanze wissen, und Felber begann, wie Weiner zu zappeln.

»Eine etwas kuriose Geschichte«, begann Klober, und es folgte eine langatmige Erklärung, die Felbers Nervosität in die Höhe schießen ließ.

»Also, es war so«, begann Klober. »Kollege Filzer war auf Streife in der FUZO mit Kollegin Sand. Im Supermarkt wollte er schnell Taschentücher kaufen, da ihm die Nase lief. Es ist ja unangenehm, mit einer Kollegin auf Streife zu gehen und immer aufzuschnupfen …«

»Ja, ja«, fiel Felber ihm ins Wort, »geht's ein bisschen schneller?«

»Ich bemühe mich«, sagte Klober. »Also, wie gesagt, er wollte Taschentücher kaufen, ging nahe der Kassa vorbei, da hörte er den Ruf: ›Das ging ja flott, Herr Inspektor, ich hab noch gar nicht angerufen.‹ Die Kassierin hatte einen Kunden am Oberarm gepackt und ließ nicht locker.«

»Können wir das nicht überspringen, Klober?«, drängte Felber.

»Etwas Geduld, Herr Gruppeninspektor. Ich erzähle es so, damit es nachher keine weiteren Fragen gibt. Will ja nicht fünfmal am Tag von euch gelöchert werden.

Es war also so, dass die Frau glaubte, der Kunde wollte etwas, ohne zu bezahlen, an der Kassa vorbeischmuggeln. Es ging um zwei Bierflaschen. Der Mann, ein junger, muskulöser Bursche, behauptete, mit sechs leeren Flaschen gekommen zu sein, bei dem Leergutautomaten hätte er gesehen, dass zwei seiner Flaschen irrtümlich noch voll gewesen seien, also habe er nur vier neue genommen, und die bezahle er auch. Auf dem Retourgutbon waren vier Flaschen angeführt. Filzer kontrollierte das, konnte kein Fehlverhalten feststellen, und so löste die Geschichte sich in Wohlgefallen auf.

Das Gesicht des Mannes kam ihm aber bekannt vor, und so eilte Filzer zu seiner Kollegin, um die Fotos der Gesuchten anzusehen. Tatsächlich war es der Jüngere, Max Adler. Filzer war so klug, ihn nicht auf der Stelle hopszunehmen. Sie beschatteten ihn, anscheinend so unauffällig, dass er sie zu dem alten Haus in der Brühlerstraße führte. Sie riefen einen Streifenwagen zu Hilfe und konnten die zwei problemlos verhaften. Taschentücher hat Kollege Filzer doch keine gekauft«, schloss Klober seine Geschichte.

»Na, dann schauen wir uns die beiden einmal an«, rief Felber und schlug auf den Tisch. »Konstanze, kommst du mit?«

*

Bevor sie den Raum betraten, blickte Felber durch die kleine Türscheibe. Kein Zweifel, da saß der Mann, der ihm das Messer durchs Herz jagen wollte. An sich sah er ja sehr harmlos aus. Um die fünfzig Jahre, mit einer beginnenden Glatze, einer riesigen Hakennase und dunklen Augen.

An die konnte Felber sich noch ganz genau erinnern, an den Blick, an Wut, oder war es so etwas wie Angst, die darinnen gelegen hatte? Felber war sich noch immer nicht klar darüber.

Der andere, ein junger, muskulöser Mann so um die dreißig, hatte kurz geschorene blonde Haare, blassblaue Augen, die im Moment vor Aggression sprühten. Sein Gesicht zeigte tiefe

Furchen, die auf einen ausschweifenden Lebenswandel hindeuteten.

Felber öffnete die Türe, und sofort sprang Max Adler auf.

»Wieso hat man uns mitgenommen?«, schrie er, und seine Finger ballten sich immer wieder zu Fäusten.

»Hinsetzen!«, befahl Felber in sachlichem Ton. »Sie werden gleich alles erfahren.«

»Wie kommt man als unbescholtener Bürger dazu, einfach von der Polizei mitgenommen zu werden?« Adler dämpfte seine Stimme ein wenig, laut war er trotzdem noch.

»Hinsetzen!«, sagte Felber nochmals sehr deutlich. »So, so, unbescholten. Das ist bei eurem Strafregister eine ziemliche Übertreibung.«

Adler grummelte noch ein wenig, doch er setzte sich. Sein Freund Helmer hatte sich bis jetzt nicht gerührt, er saß da und starrte auf die Tischplatte.

»Also«, sagte Felber, nachdem er und Konstanze auch Platz genommen hatten und er den Akt aufgeschlagen hatte. »Der Grund für eure Verhaftung ist Mordversuch an einem Staatsbeamten.« Felber blätterte in den Papieren, und aus einer Eingebung heraus setzte er nach: »Und wegen zweifachem Mord.«

Jetzt war es still in dem Raum. Nur Adler versuchte es mit einem hilflosen »Schwachsinn!«.

Helmer hatte bei dem Wort »Mord« kurz die Augen gehoben, studierte aber nun wieder die Holzmaserung des Tisches.

»Sie können sich dazu äußern«, sagte Konstanze, aber die beiden schwiegen weiter.

»Alles, was Sie jetzt sagen, könnte vor Gericht für Sie gut ausgelegt werden«, versuchte Felber es.

Keine Reaktion.

»Na gut, dann beenden wir einmal die Befragung. Sie können ja in der Zelle darüber nachdenken.«

*

Die Reaktion der beiden beziehungsweise ihr Schweigen, die mühsam unterdrückte Nervosität, die sowohl er als auch Konstanze gespürt hatten, bestärkten Felber in seinem Verdacht, dass Helmer und Adler etwas mit dem Mord an Pruger und Holtzl zu tun hatten.

Aber warum hatten sie die beiden Männer umgebracht? Es gab keine Verbindung zwischen ihnen und ihren Opfern. Zumindest hatten Felber und seine Leute bis jetzt keine gefunden. War ihre Arbeit umsonst gewesen? Hatten sie in die falsche Richtung ermittelt? Felber weigerte sich, das zu glauben.

Er fühlte sich verzagt, zudem fühlte er sich hundemüde, Ärger kroch hoch, auf die hochgestellten Herrschaften, die so lange logen, bis sie mit der Wahrheit konfrontiert wurden.

Er saß in seinem Sessel, trommelte mit den Fingern auf die Tischplatte und versuchte, erstens diesen Frust zu verdauen und zweitens neue Ansätze zu suchen. Ihm fiel aber nichts ein.

Kollege Klober schlich herein, ganz leise, um die gespannte Atmosphäre nicht noch aufzuheizen, und sah sich um. Mit kleinen Trippelschritten zappelte er zu Felber.

»Der junge Bursche möchte dich noch einmal sprechen«, flüsterte er.

»Max Adler?«, durchbrach Felber die Stille. »Ich komme gleich.«

Wollten sie doch ein Geständnis ablegen? Dann wäre der ganze Frust umsonst gewesen. Aber besser jetzt als später oder gar nicht.

Felber stemmte sich hoch und folgte Klober.

»Wir wollen einen Rechtsanwalt sprechen«, sagte Adler fordernd.

»Keine Angst, der Pflichtanwalt ist schon bestellt«, meinte

Felber und lächelte freundlich. »Er müsste jeden Augenblick kommen«, log er unverfroren. »Mit dem Reden können wir aber gleich beginnen. Also, wie war das?«

»Nix Pflichtverteidiger. Wir wollen diesen Mann. Rufen Sie ihn an.«

Er hielt Felber einen schmuddeligen Zettel vor die Nase, auf dem mit ungelenker Schrift eine Telefonnummer notiert war.

»Ist mir auch recht«, sagte Felber. »Hauptsache, danach wird geredet, damit wir den Fall endlich zu einem Abschluss bringen.«

Max Adler sah ihn mit eigentümlichem Blick an, sagte aber kein Wort mehr.

Mit spitzen Fingern nahm Felber den Zettel und stapfte erleichtert ins Büro zurück.

»Jetzt reden sie bald«, erklärte er Weiner und Konstanze.

Seufzend wählte er die lange Nummer. Die Sekunden dehnten sich, bis jemand am anderen Ende abhob.

»Hirsch!«

18. Kapitel

Felber wäre vor Überraschung beinahe der Hörer aus der Hand gefallen. Mit krächzender Stimme trug er das Anliegen von Max Adler vor.

Stille herrschte in der Leitung, so lange, dass Felber schon glaubte, Hirsch hätte aufgelegt. Dann meldete Hirsch sich mit beherrschter Stimme: »Sagen Sie ihnen, dass ich keine Zeit für sie habe. Und sie brauchen es nicht nochmals zu versuchen. Ende!«

Das Freizeichen tutete, und Felber starrte verwundert auf den Hörer. Hirsch? Damit hatte er nicht gerechnet. Dieser kleine, dünne Mann, war der etwa auch in diesen Fall verwickelt?

Weiner schmiss seinen Kugelschreiber, mit dem er die längste Zeit auf seine Zähne getrommelt hatte, auf den Tisch.

»Endlich!«, rief er. »Ich habe endlich alle Fakten beisammen. Man glaubt es ja nicht. Wisst ihr, wer der Richter war, der Helmer und Adler in den letzten Jahren zu minimalen Strafen und Bewährung verurteilt hat? Unglaublich! Ihr kennt ihn, werdet aber nie draufkommen. Es ist …«

»Waldemar Hirsch!«, vollendete Felber, und Weiner starrte ihn enttäuscht und verwundert an.

»Woher weißt du das? Kann ich euch mit nichts überraschen?«

»Hab gerade mit ihm telefoniert«, erklärte Felber, »auf Wunsch von Max Adler. Hirsch will aber nichts mit ihnen zu tun haben.«

Felber schwieg nachdenklich.

»Eigentlich unverständlich, wo er sie doch, wie du sagst, als Richter lange Zeit immer protegiert hat«, meinte er dann.

»Vielleicht hat er sie damit zu Handlangern herangezüchtet?«, brachte Konstanze eine Variante ins Spiel.

»Nicht unmöglich«, sagte Felber nachdenklich.

Felber sprang auf und blickte auf seine Uhr.

»Auf jeden Fall erzähle ich ihnen jetzt von Richter Hirschs nicht sehr positiven Meldung. Darüber können sie über Nacht nachdenken. Morgen sind sie dann vielleicht gesprächiger.«

*

Konstanze wollte einen Gemüsereis mit Hühnerstreifen kochen.

»Muss es immer dieses Hendlfleisch sein?«, murrte Felber. »Ich brauch heute etwas Kräftigeres. Komm, räum das wieder in den Eiskasten, ich habe gelesen, bei Anton's ist Steakwoche. Ein halbes Kilo T-Bone-Steak haben wir uns verdient. Der Fall ist beinahe gelöst.«

Der erwartete Protest blieb aus. Anscheinend fand auch Konstanze nichts dabei, die Diät einmal zu unterbrechen.

Felber schlemmte und vergaß dabei, dass eigentlich eine Leberkässemmel sein Lieblingsessen war.

Mehr als gesättigt versanken beide anschließend in einen wohltuenden und traumlosen Schlaf.

*

»Allzu oft dürfen wir das nicht tun«, jammerte Felber am nächsten Morgen, »das Steak hätte mir doch Energie bringen sollen.«

»Deine Energie verpuffte schon gestern Abend bei den vielen Beilagen, die du in dich gestopft hast, mein Lieber.«

»Na ja«, meinte Felber schuldbewusst, »aber gut war es doch.«

Es dürfte mehr im Bereich »Wunschdenken« liegen, dass Felber nach dem ersten Kaffee die Energie zurückkommen fühlte.

»Heute knacken wir die zwei«, erklärte er großspurig, und Konstanze pflichtete ihm zuliebe bei.

In der Inspektion angekommen, ließ er gleich Max Adler vorführen.

»Gleich jetzt ein Geständnis abzulegen, wäre das Beste, was Sie tun könnten«, meinte er in väterlichem Ton.

Max Adler sah ihn nur an. Überheblichkeit und Verachtung drückte sein Blick aus.

»Mord ist kein Honiglecken, junger Mann«, versuchte Felber es, »und zwei Morde noch weniger.«

Endlich öffnete Adler den Mund. »Wo ist unser Verteidiger?«

»Der kommt nicht. Er hat glatt abgelehnt, euch zu vertreten.«

»Das glaube ich nicht. Das ist ein Trick, um ein Geständnis zu bekommen, aber wir haben niemanden getötet.«

»Das glaube nun ich wieder nicht.« Felber kramte in seinem Gedächtnis. »Richter Hirsch sagte – und das sind seine eigenen Worte – er habe keine Zeit für euch.«

Adler wurde blass, schüttelte den Kopf und schwieg.

»Ich werde euch also einen Pflichtverteidiger stellen«, meinte Felber schon etwas genervt.

»Ihr Affen!«, brach es nun aus Adler heraus. »Ihr wollt uns nur etwas anhängen. Ist ja klar, wir waren schon so oft im Häf'n, uns kann man alles unterjubeln, Hauptsache, ihr habt keine Arbeit mehr. Aber bei mir beißt ihr auf Granit. Wir haben niemanden umgebracht, Schluss, Ende.«

Der Ausbruch verunsicherte Felber. War es möglich, dass er sich irrte? Nein! Alles sprach für sie als Täter.

Aber mit Max Adler kam er nicht weiter. Vielleicht sollte er mit Albert Helmer weitermachen, obwohl der Mann ein ungutes Gefühl in ihm weckte. Das Messerattentat schien Felber noch nicht verkraftet zu haben. Dabei – das hatte Konstanze gemeint – schien der eher gutmütig und leicht beeinflussbar zu sein.

Doch auch Helmer schien nicht gewillt, etwas preiszugeben.

Felber bemühte alle möglichen Tricks, um diesen zum Sprechen zu bringen, Helmer starrte vor sich auf die Tischlatte und schwieg.

Felber hatte bereits einen roten Kopf, auch die Lautstärke erhöhte sich, je mehr er auf den Mann einredete. Schließlich gab Felber es auf.

Konstanze huschte in den Raum, strich ihrem Mann beruhigend den Hinterkopf und flüsterte: »Lass es mich probieren, mein Bär.«

Felber nickte seufzend.

»Herr Helmer«, begann sie mit sanfter Stimme, »es ist ja gut und schön, und Ihr Freund Max hat nicht unrecht, wenn er sagt, dass Sie schweigen sollen. Aber bedenken Sie, wenn Sie wegen Mord verurteilt werden, sterben Sie im Knast, können Sie nie wieder frische Luft atmen.«

Diesen Satz ließ sie kurz einwirken, zwinkerte Felber zu und setzte fort: »Vielleicht waren Sie nur dabei, haben ein wenig mitgeholfen. Ist es möglich, dass Max Adler die Morde begangen hat und er Sie mit hineinziehen will? Max ist ein junger Mann, in zwanzig Jahren ist er wieder frei und kann ein neues Leben beginnen. Im Gegensatz zu Ihnen.«

In Helmers Augen traten Tränen.

»Mann!«, sagte Felber leise und bemühte sich, seine Unbeherrschtheit zu unterdrücken. »Aus eurer Situation kann euch niemand mehr helfen. Nicht einmal Richter Hirsch. Der hat nämlich abgelehnt, euch zu vertreten, wenn Sie das noch nicht wissen.«

Helmer war weiß geworden, als er den Namen »Hirsch« hörte. Er hob den Kopf und wischte sich mit dem Ärmel die Tränen ab.

»W… wir ha… haben niemanden ermordet«, stotterte er.

Ärgerlich schlug Felber auf den Tisch.

»Mein Gott! Das kenn ich schon auswendig. Wer war es dann, ha?«

»Sch… sch…«, stotterte Helmer.

»Wir spielen hier nicht Eisenbahn«, schrie Felber und donnerte die Hand wieder auf den Tisch.

»Sch… schauen Sie, wir haben versprochen, niemanden zu verraten.« In Aufregung geraten, stotterte Helmer mit einem Mal nicht mehr.

»Ihr seid gezwungen worden, nicht?«, meldete Konstanze sich zu Wort. »Mein Lieber, ein gezwungener Eid gilt nicht. Das steht sogar in der Bibel.«

Felber wunderte sich über ihre Bibelkenntnisse. In der langen Zeit, die sie sich schon kannten, war noch nie über Gott, Glauben oder Bibel gesprochen worden.

»Sind Sie sicher?« Helmer schien nicht überzeugt.

»Todsicher!«, behauptete Konstanze.

»Also gut!« Helmer seufzte und machte den Eindruck, dass eine schwere Last von ihm genommen wurde. »Ich gebe zu, dass wir die Leichen in den Bunker gebracht haben. Aber da waren sie schon tot, das müssen Sie mir glauben.«

Hatte Felber doch richtiggelegen. Kein Wort über das Messerattentat auf ihn, sie waren tatsächlich an den beiden Morden beteiligt. Er war anscheinend nur ein Kollateralschaden.

»Ich glaube Ihnen«, sagte Konstanze schnell, bevor Felber wieder den Mund aufmachen konnte. »Jetzt müssen Sie nur noch sagen, wer die beiden ermordet hat.«

»Unser Herr.« Helmer zierte sich noch, den Namen auszusprechen. »Er hat uns zu Mittag nach Wien geschickt, mit dem Auftrag, nicht vor Mitternacht zurück zu sein. Ich weiß nicht, wie er es angestellt hat. Jedenfalls waren sie mausetot. Max und ich haben sie dann geschnappt und im Bunker abgelegt.«

»In Wien, so, so!«, mischte Felber sich ein. »Da seid ihr dann spazieren gegangen, habt die Stadt durchquert. Mein lieber Mann, das kann jeder behaupten, das ist kein Alibi. Da brauchen wir schon etwas mehr, um alles überprüfen zu können.«

Nein, sie seien nicht durch die Stadt gewandert, das hassten beide, vor allem aber Max, sie hätten am Zentralbahnhof an einem Würstelstand zu Mittag gegessen, sagte Helmer und zählte dann einige Wirtshäuser auf, in denen sie den Tag beziehungsweise die halbe Nacht verbracht hatten.

Felber notierte alles sorgfältig, er wollte die Wiener Kollegen bitten, diese Sache zu überprüfen.

Währenddessen wetzte Konstanze auf ihrem Sessel herum. Kaum hatte Felber alles aufgeschrieben, platzte sie mit einer Frage heraus.

»Euer Herr – hat der auch einen Namen?«

Herrgott! War schon die Demenz im Anflug? Wieso hatte er nicht daran gedacht? Er war doch gerade so schön am Zug gewesen. Ein wenig Eifersucht auf Konstanze schlich sich ein. Doch dann fiel ihm etwas ein, woran anscheinend auch sie nicht gedacht hatte.

Nachdem Helmer mit der Identität seines Herrn nicht herausrücken wollte, konfrontierte Felber ihn mit der für den Fall zwar unbedeutenden, zum Verständnis der Tat aber wichtigen Tatsache.

»Warum habt ihr das mit den Messern gemacht? Welche Bedeutung hat das?«

»Messer? Welche Messer denn?«, zeigte Helmer sich verwirrt.

»Ihr habt doch die Toten so drapiert, dass es aussah, als ob sich beide gegenseitig erstochen haben.«

»Nein! Wozu sollten wir das tun? Wir haben sie einfach in einem kleinen Raum abgelegt, mehr nicht.«

Jetzt war Felber verwirrt, und auch Konstanze zeigte mit einem Stirnrunzeln, dass sie das nicht begriff.

»Wir haben sie aber so vorgefunden und uns gefragt, was es für eine Bedeutung hat. Sie können es ruhig zugeben, es hat für das Ausmaß der Strafe kaum Bedeutung. Höchstens einige Monate, wegen Störung der Totenruhe.«

»Warum soll ich etwas zugeben, was wir nicht getan haben?«

»War vielleicht euer Herr im Bunker, um das zu inszenieren?«

Helmer schüttelte den Kopf. »Ausgeschlossen! Sicher nicht. Der Herr sagte, dass er nicht hineinkönne, er habe Klaus… Klausrop… – keine Ahnung, was das ist.«

»Klaustrophobie, meinen Sie?«

»Ja, genau, das hat er gesagt«, meinte Helmer und sah ihn neugierig an. »Was hat der Herr damit gemeint?«

»Angst vor engen, dunklen Räumen«, sagte Felber und hoffte, dass er damit richtiglag.

Wenn Helmer die Wahrheit sprach, und Felber war sich beinahe sicher, dass er das tat, wer konnte dieses Schauspiel dann ausgeführt haben?

Das war im Moment aber Nebensache. Die wichtigere Frage war doch, wer diese Morde begangen hatte. Das musste er noch aus diesem Messerwerfer herauskitzeln. Felber fuhr immer noch, wenn er Helmer ansah, ein Schauer über den Rücken.

Konstanze saß nachdenklich da, ihr Körper war zusammengesunken, die Augen halb geschlossen. Doch jetzt richtete sie sich auf, ein Lächeln zog über ihre Lippen.

»Was hat euch Richter Hirsch versprochen, wenn ihr ihm helft?«

Albert Helmer bekam große Augen. »S… S… Sie wissen?«, begann er wieder zu stottern.

Felber war überrascht. Wie kam sie bloß auf Hirsch? Bei ihren Ermittlungen hatten sie ihn doch mehr oder minder links liegen gelassen. Was wusste sie, das an ihm scheinbar vorübergegangen war?

»Wie kommst du ausgerechnet auf Hirsch? Das würde mich schon sehr interessieren.«

»Ja, mein Lieber, während du gegrübelt hast, dir die unwahrscheinlichsten Szenarien ausdachtest, habe ich aufgepasst, was Alfred über ihn aus dem Computer kitzelte. Jetzt habe ich einfach eins plus eins zusammengezählt.«

Felber war einen Augenblick lang verstimmt. Er hätte doch alles unter Kontrolle haben müssen, er war schließlich der Chef der Ermittlungsgruppe. Was hatte er sich bloß gedacht? Dass er alles alleine aufklären konnte? Nur ein Narr konnte so abgehoben agieren. Doch dann meldete sich der Stolz. Es war seine Gruppe, er hatte sie geschult, sie angehalten, selbstständig zu denken, und vor allem Konstanze mit ihrem wachen Geist machte ihm alle Ehre.

»Super, mein Hase«, meinte er und beugte sich vor, um ihr einen Kuss auf die Wange zu drücken. Doch dann zuckte er zurück. Dies war nicht der richtige Ort, um ihr einen Liebesbeweis zu geben.

»Also, Richter Hirsch ist der Mörder«, stellte er stattdessen fest.

»Das weiß ich nicht«, rief Helmer protestierend. »Aber als

wir zurück in unser Haus kamen, lagen die zwei Toten dort.«

Etwas bereitete Felber noch Kopfzerbrechen, obwohl es für die Tat, für den Mörder vollkommen irrelevant war.

»Wie habt ihr es geschafft, die Leichen in den Bunker zu bekommen? Die Gitter beim Eingang waren doch verschlossen. Hattet ihr einen Nachschlüssel?«

Helmer musste scheinbar grundlos kichern.

»Das war die leichteste Übung. Vom Hof des Hauses gibt es einen Stollen, der direkt in den Bunker führt.«

Was da für Geheimnisse aufgedeckt wurden! Felber konnte sich nur wundern. Wenn dieses Haus, das relativ weit vom Bunker entfernt war, einen Zugang hatte, konnten die näher liegenden Häuser doch ebenfalls einen Gang besitzen. Da hätte man sich diese massiven Gittertore glatt ersparen können.

Das war aber Nebensache. Sie mussten jetzt schleunigst besprechen, wie …

Etwas fiel ihm noch ein.

»Wieso habt ihr die Leichen ausgezogen, was geschah mit ihrer Kleidung?«

»Die waren schon nackt. Uns hätte das Gewand sicher nicht gepasst. Feiner Nadelstreif und so, das ist nichts für unsereinen«, erklärte Helmer.

Da hat der Alte ausnahmsweise recht, sinnierte Felber.

»Die Einvernahme ist beendet!«, rief er und ließ Helmer in dic Zcllc zurückbringcn.

*

Wie üblich riss Felber, ohne anzuklopfen, die Türe zu Paukerls Büro auf. Ein kurzer Blick in alle Ecken, auch das war schon Tradition, dann baute er sich vor dem Tisch seines Chefs auf.

Im Mienenspiel von Paukerl wechselten Ärger wegen der abrupten Störung und Freude ab.

»Gibt's was Neues, Günter?«, rief er. »Der Bürgermeister liegt mir wegen dieses Falles andauernd in den Ohren. Obwohl – in den letzten Tagen hat er nichts von sich hören lassen. Du hast ihn anscheinend vergrämt.«

»Chef«, sagte Felber, »ich brauche einen Haftbefehl.«

»Habt ihr endlich einen Durchbruch erreicht?«, freute Paukerl sich. »Wer ist denn der Glückliche – ich meine, der Übeltäter?«

»Das wird dir, dem Bürgermeister und Herrn Holtzl sicher nicht gefallen. Ich brauche ihn für Richter Hirsch.«

Paukerl sah ihn mit offenem Mund an. Ihm hatte es die Sprache verschlagen.

»Ich habe eindeutige Beweise, das heißt eine Zeugenaussage, dass er derjenige war, der Pruger und Guido Holtzl auf dem Gewissen hat.«

»Eine Zeugenaussage?«, krächzte Pauker. »Von wem?«

Felber schilderte, was Albert Helmer gestanden hatte.

»Eine Anschuldigung von jemandem, der sein halbes Leben im Knast gesessen ist? Jeder halbwegs gute Anwalt zerreißt die doch, bevor du noch ›Feierabend‹ sagen kannst. Und Hirsch ist sicher besser als gut. Da braucht ihr schon mehr Beweise, Fingerabdrücke, DNA, was weiß ich. Sonst kannst du das vergessen.«

»Das bekommen wir alles, Chef, kannst dich darauf verlassen. Es wäre nur gut, den Richter gleich aus dem Verkehr zu ziehen, damit er nichts verschwinden lassen kann.«

»Das kannst du vergessen, Günter, da müsst ihr eben schneller sein als er.«

*

»Verdammt!«, rief Felber. »Bei dieser Hetzerei haben wir doch glatt vergessen, uns den Schlüssel zu besorgen.«

Sie standen vor dem alten Haus in der Brühlerstraße, nahe des »Jordanfelsens«, auf dem sich eine Aussichtsplattform aus gemauerten Steinen befand. Diese erreichte man, vom »Schwarzen Turm« kommend, über einen felsigen Weg entlang der Klausen.

Jetzt war wieder einmal der geniale Einbrecherkönig Weiner gefordert.

»Lass mich ran«, rief er und drängte sich vor. »So ein altes Schloss ist ein Klacks für mich.«

Er kniete sich hin und begann zu werken.

»Da klemmt irgendetwas«, meinte er mit hochrotem Kopf und erhöhte seine Anstrengungen.

Konstanze konnte das nicht mit ansehen und griff über seinen Kopf zur Türschnalle. Knarrend öffnete sich das Tor.

»Tja, lieber Alfred, es ist beinahe unmöglich, ein bereits offenes Schloss aufsperren zu wollen.« Besänftigend klopfte sie ihm auf die Schulter.

Felber enthielt sich eines Kommentars.

»Na, dann können wir ja endlich beginnen«, sagte er nur.

Sie standen in einem langen, dunklen Gang. Nur von der Straße fiel ein wenig Licht herein. Rechter Hand erkannte man zwei Türen, und am Ende des Ganges befand sich eine verglaste Türe, die teilweise mit Brettern verbarrikadiert war. Durch die Lücken war ein kurzer Gang zu erkennen, der anscheinend in den dahinterliegenden Hof führte. Als Weiner die Eingangstüre schloss, mussten ihre Augen sich erst an das diffuse Licht, das durch die Hoftür schimmerte, gewöhnen.

»So wird das nichts mit der Suche«, sagte Felber, »haben wir nicht Taschenlampen im Auto?«

Weiner, noch immer geknickt von seinem misslungenen Einbruchsversuch, erbot sich, sie zu holen. Konstanze öffnete inzwischen die Türe zum Hof.

»Bäh! Wie kann man in so einem Saustall nur leben?« Sie schüttelte sich und deutete auf Papiere, Essenreste und Flaschen, die im Gang lagen.

»Für Obdachlose ist es sicher einen Luxusbleibe«, entgegnete Felber. »Kommt, schauen wir, ob wir einen Lichtschalter finden. Vielleicht gibt es ja noch Strom in diesem Haus.«

Schalter und Steckdosen fanden sie, was fehlte, war die Elektrizität.

Mit den Taschenlampen in der Hand betraten sie den hinteren Raum. Er glich eher einer Rumpelkammer. Altes Mobiliar türmte sich auf. Bettgestelle, Tische, Sessel.

»Na, dann spuckt mal in die Hände«, sagte Weiner, »da sind leicht Beweise zu verstecken.«

Felber knurrte nur und begann, die einzige freie Wand zu inspizieren. Sie fanden nichts, obwohl sie die Möbel von einer Seite auf die andere räumten.

Ein Mauerdurchbruch machte den Weg ins vordere Zimmer frei.

Die Fenster zur Straße waren mit schwarzem Plastik abgedeckt, in einer Ecke entdeckten sie zwei schmuddelige Matratzen, in der anderen stand ein wackeliger Tisch mit zwei Sesseln. An einer Wand befand sich ein mit verschiedenen Farben angemalter Kasten, dem eine Türe fehlte, und in der Mitte des Raumes thronte ein alter Lehnstuhl. Wieder entdeckten sie nichts, was auf die hier wahrscheinlich verübten Morde hindeutete.

Ratlos standen sie da, niemand wollte auf den schmutzigen Sitzgelegenheiten Platz nehmen. Übrig blieb nur mehr das sogenannte Badezimmer, ein kleiner Raum, ausgestattet mit einem aus Blech gefertigten Waschbecken und einem Loch in einer Ecke, aus dem es erbärmlich stank.

»Verlang bitte nicht, dass wir dort hineingreifen«, forderte Weiner und hielt sich die Nase zu.

Felber schüttelte den Kopf. Das brachte sicher auch nichts.

»Der Hof!«, sagte er. »Da gibt es wahrscheinlich einen Mistkübel. Die beste Möglichkeit, Spritzen und Insulinpatronen zu entsorgen. Ich hoffe nur, dass die Müllabfuhr hier nicht stehen bleibt.«

Der Hof bestand aus einem schmalen Rechteck, begrenzt von Hausmauern und auf einer Längsseite aus dem Fels des Kalenderberges. Eine massive eiserne Türe war in den Stein eingelassen.

»Aha! Wahrscheinlich der ominöse Stolleneingang«, rief Weiner und rüttelte an der Klinke.

»Lass das!«, erregte Felber sich. »Jetzt haben wir anderes zu tun. Den Stollen können wir uns später vornehmen.«

Einige verrostete Werkzeuge lehnten an der Hauswand, Schaufeln, eine Spitzhacke, eine Scheibtruhe und ein Rasenmäher. Ein Unikum, denn der Hof hatte einen Betonboden.

Mistkübel gab es keinen. Als Ersatz diente eine rostige Tonne, gefüllt mit Papier, Plastik, Blechdosen und sonstigem Unrat.

Wieder einmal rümpfte Weiner die Nase, aber Felber stürzte die Tonne um. Der Inhalt ergoss sich auf den im Gegensatz zu den inneren Räumlichkeiten einigermaßen sauberen Boden.

Konstanze war es schließlich, die den gut verschnürten Plastiksack einer Handelsfirma in der Hand hielt.

»Ich glaube, ich hab was«, rief sie triumphierend und begann, den Spagat zu lösen.

»Vorsicht!« Felber ließ die Dosen fallen, die er in der Hand gehalten hatte.

»Wir brauchen jeden einzelnen Fingerabdruck, der sich darauf befindet«, meinte er entschuldigend, »und auf allem, was sich drinnen befindet.«

Konstanze deutete auf ihre Einweghandschuhe. »Von mir ist sicher keiner drauf.«

»Na ja, das halt nichts verwischt wird.«

»Man kann es auch übertreiben«, murmelte sie, bemühte sich aber, so sanft als möglich das Sackerl zu öffnen.

Im Inneren befanden sich tatsächlich einige gefaltete Schachteln, unzählige leere Insulinpatronen und Spritzen.

»Jetzt haben wir ihn«, stellte Felber befriedigt fest. »Wer immer der Täter ist, er wird nicht jede einzelne Patrone nachher abgewischt haben.«

Weiner blickte auf seine Uhr. »Puh! So spät ist es schon? Können wir den Stollen morgen erkunden? Ich hab Lieselotte nämlich versprochen, pünktlich nach Hause zu kommen. Sie kocht heute etwas phantastisch Ausgefallenes.«

»Was denn?«, erkundigte Konstanze sich neugierig.

»Keine Ahnung!«, zuckte Weiner mit den Schultern.

»Na, das kann ja dann etwas besonders Gutes sein«, lachte Felber, »also gut. Das Wichtigste haben wir ja. Außerdem weiß vielleicht Helmer, wo der Schlüssel zur Türe ist. Dann brauchen wir uns nicht auf deine Einbruchskünste zu verlassen.«

Während Weiner protestierte, öffnete Felber das Eingangstor. Draußen stand ein Mann in dunklem Mantel und einem schwarzen Schlapphut, der anscheinend gerade eintreten wollte.

»Guten Abend, Doktor Hirsch!«, sagte Felber und bemühte sich, nicht überrascht zu klingen. »Wollten Sie gerade Beweise verschwinden lassen?«

19. Kapitel

Nachträglich ärgerte Felber sich, Hirsch nicht gleich auf die Inspektion mitgenommen zu haben. Der ehemalige Richter hätte ja auf die Idee kommen können, alle Brücken hinter sich abzubrechen und auf Nimmerwiedersehen zu verschwinden. Aber sie hatten keinerlei Handhabe, ihn zu verhaften – noch nicht.

Waldemar Hirsch, ebenso überrascht wie sie selbst, stammelte, dass dies das Haus seiner verstorbenen Tante sei und er nur nach dem Rechten sehen wollte. Die Inspektoren wüssten doch, dass sich überall Gesindel herumtreibe, dass man bei jeder Gelegenheit einbreche und nur Schaden verursache und nachher alles verwüstet sei.

Felber ließ ihn reden, nur eines konnte er sich nicht verkneifen: »Verlassen Sie bitte nicht die Stadt.«

*

Wohin mit den Beweismitteln? Klar, dass die Spurensicherung sie erhalten musste. Aber Felber wollte sich auch vergewissern, ob diese Medikamente auch tatsächlich zum Tod von Pruger und Holtzl geführt hatten. Dafür war Doktor Kudlich derjenige, der ihm darüber Auskunft geben konnte.

Vielleicht hatte er Glück, kam ihm der Gedanke, dass möglicherweise gerade die Chefin der Spusi bei Kudlich weilte. Nachdem die beiden seiner Meinung nach so etwas wie eine

Beziehung zueinander hatten, war das nicht von der Hand zu weisen. Ein spitzbübischer Gedanke, den er sofort Konstanze mitteilte.

»Na gut«, meinte sie, »probieren können wir es ja.«

Felber rüttelte an der Türe zur Prosektur. Dann klopfte er. Vergebens.

Das wäre ärgerlich, wenn Kudlich schon weg war. Er klopfte nochmals und glaubte, von innen etwas zu hören.

»Glaubst du, dass Kudlich und die Spusifrau Hermine bei den Leichen …«, fragte er Konstanze.

»Lieber Mann, du hast eine perverse Phantasie.« Sie lächelte.

Ein Schlüssel wurde umgedreht, die Türe öffnete sich.

»Es ist bereits Dienstschluss!«, schnauzte Kudlich mit geröteten Augen. »Ach, du bist es, Günter, und die gnädige Frau. Welche Ehre. Kommt herein.«

Felbers Augen wanderten kontrollierend durch den Raum. Am Schreibtisch des Doktors stand ein Mikroskop, von zwei Strahlern hell angeleuchtet. Sonst waren nichts und niemand zu sehen.

»Entschuldige die Störung, Doktor«, sagte Felber. »Aber ich bin froh, dass du noch da bist. Wir haben eine medizinische Frage an dich.«

Kudlich sah die beiden neugierig an.

»Ich bin aber kein Gynäkologe«, stellte er mit einem Zug um den Mund fest, von dem man nicht erkennen konnte, ob es Lächeln oder wissenschaftliches Interesse war.

Er hatte doch versprochen, den Mund zu halten, durchfuhr es Felber.

»Nein, nein, wo denkst du hin?«, beeilte er sich zu versichern. »Wir haben nur endlich Beweise gefunden, die deine Theorie über den Tod von Pruger und Holtzl bestätigen könnten.«

»Mein Lieber, das war keine Theorie, das ist wissenschaftlich fundiert, darauf muss ich bestehen.«

»Doktor, ich vergleiche dich ja nicht mit Mirakulix.«

Ehe es zu einem humoristischen Streitgespräch ausartete, mischte Konstanze sich ein.

»Doktor Kudlich, wir haben bei einer verdächtigen Person eine Menge Medizinschachteln, Spritzen und Insulinpatronen gefunden. Günter will jetzt wissen, ob das Präparat und die Menge ausreichen, um zwei Menschen zu töten.«

Kudlich starrte Konstanze an, dann wandte er sich zu Felber.

»Schade, dass wir unser Gespräch nicht weiterführen können, ich habe es sehr genossen. Aber ich sehe, es brennt euch unter den Nägeln. Wieder einmal. Also, lasst uns die Beweise ansehen.«

Er entnahm aus der Brusttasche eine Brille und betrachtete die Schachteln.

»Hm, das ist normales Kurzzeitinsulin, und in dieser Schachtel befand sich Langzeitinsulin. Nichts Außergewöhnliches.«

Dann sah er die Ampullen.

»Habt ihr die in ganz Mödling zusammengesammelt?«

Felber verneinte.

»Also, mit der Menge hättest du auch zwei Elefanten zu Tode spritzen können«, lachte Kudlich.

Diesen Heiterkeitsausbruch fand Konstanze unpassend, aber, so dachte sie entschuldigend, Pathologen sind eben ein eigenes Volk.

»Danke, Doktor, das wäre es auch schon. Ich wollte mich nur vergewissern. Jetzt hoffe ich nur, dass ich noch jemanden von der Spurensicherung erwische. Du weißt ja, Fingerabdrücke und so weiter. Deiner Arbeit steht nichts mehr im Wege.«

Kudlich schüttelte den Kopf und warf die Brille auf den Tisch.

»Es gibt auch ein Leben neben der Arbeit. Diesen Spruch solltest du dir auch zu Gemüte führen, Günter.«

»Das mache ich, wenn ich Zeit habe«, entgegnete Felber, und Konstanze warf ihm einen konsternierten Blick zu.

»Also dann, bis zum nächsten Toten, Doktor«, rief er und wandte sich zum Gehen.

»Immer in Eile«, brummte Kudlich. »Günter, wenn du dir einen Weg ersparen willst, ich treffe mich nachher mit Hermine. Ich könnte das Zeug mitnehmen und ihr übergeben. Ein Freundschaftsdienst, damit du dich eher deiner Gattin widmen kannst.«

»Das ist sehr lieb, Herr Doktor«, meinte Konstanze und lächelte süß. »Er hat aber nur diesen Fall im Kopf.«

Was Felber pflichtschuldig leugnete.

*

Felber, Konstanze und Weiner saßen im Büro. Zu tun gab es im Moment wenig, alle warteten auf die Ergebnisse der Spurensicherung. Felber, so wie alle anderen mit einem dampfenden Kaffeebecher vor sich, hoffte nur, dass Kudlich nicht in einem Anfall von Verwirrung darauf vergessen hatte, ihre Beweise an seine Hermine weiterzugeben.

So döste jeder schweigsam vor sich hin, nahm immer wieder einen Schluck des Gebräus zu sich und wartete.

Es klopfte, und nach Felbers müdem »Herein!« erschien Klober.

»Euch will jemand sprechen, das heißt dich«, und deutete auf Felber.

Durch die weit aufgerissene Türe spazierte Doktor Hirsch ins Zimmer.

»Ich wollte einige Ungereimtheiten klarstellen«, sagte er zu Felber und ließ sich auf den Sessel neben dessen Tisch nieder.

»Jederzeit, Herr Richter«, machte Felber die Anzeichen einer Verbeugung, auf das Aufstehen verzichtete er.

»Nun, ich weiß nicht, was Sie in dem Haus wollten. Wie Sie inzwischen sicher wissen, habe ich es aus purer Güte zwei Obdachlosen zur Verfügung gestellt, die ich aus meiner Zeit als Richter kenne und auch einige Male verurteilen musste.« Hirsch kratzte sich am Kopf, ehe er weitersprach. »Sie, Herr Gruppeninspektor, haben ja mit mir telefoniert, ob ich die beiden verteidige. Aus einem möglichen Interessenskonflikt heraus musste ich ablehnen. Ich weiß nicht, weswegen die beiden inhaftiert sind, es interessiert mich auch nicht. Ich wollte Ihnen nur sagen, dass die zwei meiner Meinung nach harmlos, aber andererseits auch nicht ganz richtig im Kopf sind.« Hirsch deutete mit einem Finger drehend auf die Stirn, dann stand er auf. »Ich wollte das nur gesagt haben«, meinte er.

Felber stand ebenfalls auf und verbeugte sich nochmals.

»Ich danke Ihnen«, sagte er mit devoter Stimme, »wir sind uns der Straftaten Ihrer ehemaligen Klienten noch nicht sicher, aber sollte Ihnen vielleicht noch etwas einfallen, sind Sie so gut, und rufen Sie mich an.« Er zog eine Lade auf und holte eine seiner Visitenkarten hervor, die er vor Jahren selbst entworfen hatte.

Hirsch nahm sie in die Hand, besah sich die verunglückte Karte und legte sie zurück auf den Tisch.

»Die brauche ich nicht, vielen Dank!«, sagte er mit angeekelter Miene. »Ich habe Ihre Nummer bereits in meinem Handy gespeichert.«

Damit verabschiedete er sich.

Konstanze, der es neu war, dass Felber so etwas wie Ambitionen als Grafiker an den Tag gelegt hatte, wollte das gestalterisch fragwürdige Stück natürlich sofort sehen.

»Nicht angreifen!«, schrie Felber, und Konstanze sah ihn erstaunt an.

»Ich glaube nicht, dass wir vorher schon die Fingerabdrücke von Waldemar Hirsch hatten«, erklärte er.

»Kompliment!«, rief Weiner. »Der Trick hätte von mir sein können.« Er nahm einen Einweghandschuh und trichterte die Karte ein. »Damit renn ich gleich zur Spusi.«

*

Felber ließ noch einmal Helmer und Adler holen, vielleicht änderten sie doch noch ihre Aussagen oder fügten etwas hinzu.

Adler sprach nach wie vor kaum etwas, aber Helmer blieb dabei, sie seien zu Mittag nach Wien gefahren. Das korrigierte Adler, es sei elf Uhr dreißig gewesen, da ginge der Bus zum Bahnhof.

Nach Mitternacht waren sie wieder zu Hause, fanden dort ihren Herrn und zwei Leichen vor. Helmer schwor, dass die beiden tot gewesen seien und der Herr hätte ihnen befohlen, sie im Bunker abzulegen. Er hätte ihnen die eiserne Tür gezeigt und ihnen selbst aufgesperrt. Den Stollen betrat er aber nicht. Die Körper legten sie dann in einem kleinen Raum ab.

Was das Arrangement mit den zwei Messern betraf, stritt er nach wie vor ab, etwas damit zu tun zu haben.

»Wo hätten wir denn die Messer hernehmen sollen?«, rief er.

Eine eigenartige Frage von einem Messerwerfer, fand Felber, musste aber zugeben, dass Wurfmesser anders aussahen.

Aber wenn sie es nicht waren und ihr Herr, also Hirsch, sich aus welchen Gründen auch immer, nicht in den Stollen gewagt hatte, wer konnte es dann gewesen sein?

Im Augenblick fand Felber dies zwar unerheblich, wichtig war, den Mörder mittels der Beweise, die sie gefunden hatten, zu überführen, aber dieses Geheimnis spukte dennoch in seinem Hinterkopf herum.

Eine weitere Unklarheit, die ihn ebenfalls schon länger beschäftigte, musste noch geklärt werden.

»Wie habt ihr eigentlich die Toten transportiert? Habt ihr sie getragen?«

Helmer lächelte sanft.

»Mit der Scheibtruhe. Einer fuhr, und der andere räumte die Steine aus dem Weg. Der Stollen machte ja nicht gerade einen sicheren Eindruck. Da sollte sich einmal jemand darum kümmern. Sonst bricht er noch einmal ganz ein.«

Dann konnte wenigstens niemand mehr Tote hin- und hertransportieren, dachte Felber und beendete die Befragung.

Im Büro herrschten, als er zurückkam, Spannung, Unruhe und Nervosität. Sofort davon angesteckt, setzte er sich an seinen Tisch und trommelte mit den Fingern auf die Platte. Im Moment konnten sie außer Warten nichts tun. Konstanze versuchte sich an einem Kreuzworträtsel, und Weiner tat das, was er schon immer einmal machen wollte – er starrte in die Luft und drehte Daumen. Plötzlich – der Nachmittag war schon ziemlich weit fortgeschritten, schrillte das Telefon.

»Endlich die Spusi!«, rief Weiner, und Felber hatte selten so schnell den Hörer abgenommen.

»Günter, zu mir«, tönte es aus dem Apparat.

»Paukerl!«, sagte Felber entschuldigend. »Was will denn der wieder von mir?«

Als Felber die Türe aufriss und die obligate Ermahnung erwartete, wurde er enttäuscht. Paukerl saß hinter seinem Tisch, Kummer und Gram waren in sein Gesicht eingegraben.

»Warum tust du mir das an, Günter?«, jammerte er. »Hättest du nicht Ruhe geben können? Helmer und Adler waren doch die perfekten Täter. Aber nein, du musstest ja weitergraben, und nun steht ein honoriger Bürger unserer Stadt als Mörder da.«

»Woher weißt du das?«

»Die Spusi hat mich verständigt, nachdem es eine heikle Angelegenheit ist, einen ehemaligen Richter anzuklagen.«

Also stammten die Fingerabdrücke auf den Insulinfläschchen von Hirsch, dachte Felber und freute sich, richtiggelegen zu haben.

»Ein Mensch, der zwei Morde begangen hat, ist kein ehrenhafter Mann«, sagte er.

»Du hast ja recht, Günter«, jammerte Paukerl, »aber trotzdem. Das Aufsehen in der Presse, das unerträgliche Geschreibsel über den Rechtsstaat, der anscheinend den Rubikon bereits überschritten hat, die Vermutungen, dass jetzt auch Politik und Polizei nicht mehr vor korrupten und kriminellen Taten gefeit sind, das alles wird doch nun unerträglich.«

»Nun, du kannst ja bei der nächsten Pressekonferenz darauf hinweisen, dass es die Polizei war, die ehrenhafte Bürger, wenn sie sich etwas Unehrenhaftes zuschulden kommen lassen, egal, welche Stellung sie einnehmen, zur Rechenschaft zieht.«

»Ja, ja, ja!«, sagte Paukerl kummervoll, doch dann riss er sich zusammen. »Übrigens! Bei der nächsten Pressekonferenz bist du dabei. An vorderster Stelle. Nur, damit du es weißt.«

»Wir werden sehen.«

Bei dieser Ankündigung von Paukerl durchfuhr Felber ein Schrecken. Er sollte vor diesen neugierigen und unangenehmen Leuten Rede und Antwort stehen? Vielleicht könnte er krank werden, um dem zu entgehen. Zuerst musste der Sack aber zugemacht werden.

»Können wir Hirsch jetzt verhaften, Chef?«

Paukerl nickte mit unglücklichem Gesicht.

*

Felber hatte es sich nicht nehmen lassen, mit Konstanze gemeinsam zu Hirsch zu fahren.

Der ehemalige Richter nahm es mit stoischer Miene zur Kenntnis, dass er nun in der Inspektion Rede und Antwort stehen musste.

Nur einmal blitzte seine Überheblichkeit auf, als er fragte, ob es angebracht sei, Zahnbürste und Handtuch mitzunehmen.

Paukerl bat es sich aus, bei der ersten Befragung dabei zu sein.

Diese war nicht sehr ergiebig, Hirsch schwieg zu allen Anschuldigungen, nicht einmal die eindeutigen Beweise brachten ihn zum Reden.

Felber hoffte, dass der Aufenthalt in der Zelle ihn zu einem Sinneswandel brachte, aber Paukerl versuchte es noch längere Zeit, Hirsch zu einem Geständnis zu überreden, letztlich erfolglos.

*

Felber konnte nicht einschlafen und wälzte sich unruhig im Bett herum. Sie hatten den Mörder, aber konnte er sich mit juristisch gefinkelten Möglichkeiten herausreden? Dann gab es noch die Frage, warum er diese beiden Morde begangen hatte. Fasste Hirsch es als tödliche Beleidigung auf, dass Pruger ihm nicht nur den Eintritt in seine Kanzlei verwehrt hatte, sondern auch den sicher lukrativen Posten bei Schloss-e-tex vermasselte? Warum musste dann aber auch Guido Holtzl sterben?

Insgeheim hoffte er, die Beweggründe bald zu erfahren. Einige Nächte in einer kahlen Zelle gaben sicher den Anstoß, mit allem reinen Tisch zu machen.

Die seiner Meinung nach wichtigste Frage lautete aber: Wer beschaffte Hirsch die Unmenge an Insulin?

Konstanze, durch seine Nervosität ebenfalls angesteckt, murmelte im Halbschlaf einen Namen, den er als »Eisler« identifizierte.

Natürlich! Der Doktor kannte Hirsch, sie waren vielleicht sogar freundschaftlich verbunden. Das bekam er sicher heraus. Zufrieden schloss er die Augen und schlief auf der Stelle ein.

20. Kapitel

»Hat man denn nicht einmal am Wochenende Ruhe?«, regte sich der Arzt auf, nachdem er die Türe geöffnet hatte.

Felber begrüßte ihn und hielt sich nicht lange mit Vorreden auf. »Können wir kurz hineinkommen? Es ist, glaube ich, nicht gut, wenn wir das zwischen Türe und Angel bereden.«

Widerwillig führte Eisler ihn und Konstanze in sein Besprechungszimmer.

Der Doktor versuchte es wieder mit einem Scherz.

»Ich bin nach wie vor kein Gyn…«

»Lassen wir das, Doktor Eisler«, fuhr Felber dazwischen. »Die Sache ist viel zu ernst.«

Eisler sah ihn mit hochgezogenen Brauen an.

»Sie stehen im Verdacht, in zwei Mordfälle verwickelt zu sein. Man nennt das Beihilfe zum Mord.«

Mit offenem Mund und großen Augen starrte der Arzt ihn an.

»Ich … ich …«, stotterte er. »Wie kommen Sie auf so einen Unsinn?«

Felber erklärte die Umstände, über Hirsch und die Morde mit Insulin.

»Sie haben ihm doch das Insulin gegeben, richtig?«, schloss er.

»Ich habe ihm gar nichts gegeben«, rief Eisler. »Doktor Hirsch ist Diabetiker, und ich habe nur ein Rezept ausgestellt.«

»Über so eine große Menge? Das ist eher ungewöhnlich, finden Sie nicht?«

»Da haben Sie recht, Herr Inspektor. Aber Doktor Hirsch hat mir erklärt, dass er eine längere Auslandsreise anträte und er immer das richtige Insulin bräuchte. Er wisse nicht, ob er es in diesen Ländern auch bekäme«, rechtfertigte Eisler sich. »Ich teilte seine Bedenken zwar nicht, aber als guter Kunde … na ja, ich meine, als guter Patient schrieb ich ihm das Rezept aus. Ich konnte doch nicht ahnen, dass …«

»Nun ja«, mischte Konstanze sich ins Gespräch, »wir nehmen an, dass Sie die Wahrheit sagen, aber ob noch etwas auf Sie zukommt, müsste das Gericht entscheiden.«

Als sie gingen, konnte Felber es sich wieder nicht verkneifen zu sagen: »Verlassen Sie bitte nicht die Stadt.«

*

Paukerl, der ausnahmsweise an diesem Samstag anwesend war, wollte Hirsch wieder vernehmen. Felber war der Ansicht, ihn erst am Montag zu seinen Taten zu befragen und ihn einige Tage dort zu belassen, wo er als Richter die Übeltäter meist für lange Zeit hingeschickt hatte. Auf einen Mann, der das erste Mal ein Gefängnis von innen sah, machte das gewiss einen gewaltigen Eindruck und half sicherlich, ein Geständnis abzulegen. Schließlich setzte er sich durch, obwohl Paukerl die ganze Angelegenheit so rasch als möglich vom Tisch gehabt hätte.

So hatten Felber, Konstanze und Weiner beinahe ein freies Wochenende vor sich. Aber Felber fiel noch etwas ein.

»Hat sich schon jemand Gedanken darüber gemacht, weshalb die Leichen, als wir sie gefunden haben, so mit Messern aneinandergeklammert waren? Alle Beteiligten haben das doch bestritten, und ausnahmsweise glaube ich ihnen in diesem Fall.«

»Der Theaterdirektor?«, sinnierte Weiner.

»Du hast es erfasst, Alfred«, rief Felber. »Das kann eigentlich nur er gewesen sein. Aber weshalb, das sollten wir ihn schon fragen.«

Sie hatten Glück, das Theater war offen, da eine Probe angesetzt war. Sie standen im Zuschauerraum und bekamen den Tod von Richard III. mit, ein für sie eigenartiger Vorgang, da die Schauspieler keine Kostüme anhatten.

Vorne, in der dritten Reihe saß der Direktor und brüllte seine Anweisungen auf die Bühne. Sehr zufrieden sah er nicht aus, Richard musste einige Male hintereinander sterben, trotzdem schien der Regisseur nicht zufrieden zu sein.

Felber wurde es langsam zu viel. Er drängte sich zwischen den Sitzen zum Direktor durch.

»Wir müssen mit Ihnen reden.« Er flüsterte nicht, wie man es ansonsten in einem Theater tun sollte, er sagte es so laut, dass das imaginäre Messer in der Luft schweben blieb, der Tote den Kopf hob und neugierig zu ihnen starrte.

»Ich bitte um Ruhe!«, schrie der Regisseur. »Wie soll man da denn arbeiten. Was wollen Sie denn?«

»Reden. Aber wahrscheinlich nicht nur das.« Felber hatte von der Arroganz des Direktors genug. »Können wir vielleicht woanders …«

Der Mann sah ihn konsterniert an, dann bemerkte er Weiner.

»Ah, die Polizei. Warum sagen Sie das nicht gleich? Ich kann doch nicht jedem Hergelaufenen Auskunft über unser neues Stück geben.« Er klatschte in die Hände. »Wir machen eine kleine Pause. Denkt einstweilen über eure Rollen nach.«

Die Bühne leerte sich langsam, und der Direktor wandte sich mit ungnädiger Miene Felber zu: »Sie kommen zu einem denkbar ungünstigen Zeitpunkt. Wir haben heute Abend Premiere, und der Tod von Richard III. sitzt immer noch nicht. Was gibt es denn?«

»Auch bei uns geht es um Tod.« Felbers Ton war auch nicht

gerade ein heiterer. »Also, eigentlich um Störung der Totenruhe.«

Der Direktor sah ihn verwirrt an.

»Wieso haben Sie die beiden Toten im Bunker so hingelegt, wie wir sie dann gefunden haben? Da haben Sie sich mehrerer Vergehen schuldig gemacht.«

Der Mann erbleichte.

»Ich … ich konnte nicht widerstehen«, stotterte er, »als ich die beiden Toten liegen sah, so als ob man sie auf einen Misthaufen geworfen hätte, brach meine künstlerische Ader durch, vernebelte meinen Verstand. Ich dachte nur mehr daran, eine Installation zu machen, eine Performance, und drapierte die beiden Körper so.«

»Und die Messer? Man trägt schließlich nicht immer zwei Steakmesser mit sich herum.«

»Ich schon. Ich meine, in diesem Fall.« Des Direktors Arroganz wich einem bittenden Ton. »Sie müssen wissen, an diesem Donnerstag war ich bei meiner Schwester auf einen Zwiebelrostbraten eingeladen. In ihrem Besteck befinden sich aber nur Messer, mit denen Sie nicht einmal Wasser schneiden könnten. Was das immer für ein Gemurkse war, wenn es Fleisch gab! Da schmeckt doch das ganze Essen nicht.« Er schüttelte sich theatralisch. »Das verstehen Sie doch? Ich habe damals am Morgen zwei scharfe Messer gekauft, bevor ich in den Bunker ging. Dort habe ich sie dann verwendet. Zweckentfremdet sozusagen. Ich wollte den Kreislauf des Lebens darstellen, Yin und Yang sozusagen.« Er versuchte ein scheues Lächeln. »Ich hab's dann gleich bereut, bei meiner Schwester. War das eine Qual. Die Gabel war schärfer als ihre Messer.«

»Sie wissen aber schon, dass Sie uns damit eine Menge unnötiger Arbeit aufgehalst haben«, sagte Felber ärgerlich, »und Sie wissen hoffentlich, dass es für Sie ein Nachspiel haben wird.«

»Ich bitte Sie, wegen dieser harmlosen Darstellung?«, jammerte der Direktor.

»So harmlos war das nicht«, schnauzte Felber und wandte sich mit seinen Freunden zum Gehen.

»Kunst ist ein hohes Gut!«, rief der Direktor ihnen nach.

»Das Recht auch!«, pfauchte Felber.

*

Sonntagnachmittag wurde Felber unruhig und nervös. Die bevorstehende Befragung von Hirsch zerrte an seinen Nerven. So hatte er sich noch nie gefühlt, und er hatte doch schon einige Mörder zu Fall gebracht. Schlimme Vorahnungen machten sich in seinem Gehirn breit, unangenehme Szenarien malte er sich aus, und er versuchte, für jede dieser Darstellungen eine geeignete Antwort zu finden.

Nicht einmal Konstanzes Angebot, ihm einen Schweinsbraten zu machen, konnte ihn von seiner tristen Stimmung ablenken.

Die Nacht war dementsprechend.

So sah er auch am nächsten Morgen aus. Hunger hatte er keinen, doch er löffelte pflichtschuldig sein Müsli, da Konstanze ihm androhte, ihn ins Bett zu stecken und die Vernehmung abzusagen. Das wollte er auf keinen Fall, er musste diese Mordgeschichte abschließen, so schnell als möglich.

Als ob auf seinen Schultern zwei Zementsäcke liegen würde, schleppte er sich auf dem Weg zur Inspektion hin.

Doch plötzlich, war es der Reiher, der nahe des Mödlingbaches krächzend hochflog, war es die Sonne, die, zuvor von einer Wolke verdeckt, ihm ins Auge stach, war es die liebevolle Tätschelei von Konstanze, er richtete sich auf. Mit einem Male waren alle Sorgen, alle Befürchtungen weggewischt.

»Eigentlich ist es lächerlich, Hasi, wie ich mich benommen

habe. Entschuldige, bitte«, sagte er mit klarer Stimme, und endlich trat sein Optimismus wieder in den Vordergrund. »Es gibt doch keinen Grund, warum ich Bedenken haben sollte. Die Beweise sind eindeutig. Ich bin überzeugt, auch Hirsch sieht das so und gesteht.«

Verwirrt durch diesen abrupten Sinneswandel, meinte Konstanze: »Ich glaube, du bist urlaubsreif, Günter.«

»Ja!«, rief er. »Aber alles zu seiner Zeit.«

Als sie in der Inspektion eintrafen, wartete Weiner schon auf sie.

»Du, Günter, der Theaterdirektor hat uns schon wieder angelogen«, rief er, kaum dass sie ihr Büro betreten hatten.

Felber, dessen Gedanken ganz woanders waren, sah ihn nur groß an.

»Als wir ihn damals, als wir die Leichen gefunden hatten, vernehmen wollten, Paukerl und ich, sagte er, dass er wegen Proben ins Theater müsse. Uns hat er jetzt erzählt, dass er bei seiner Schwester zum Essen eingeladen war. Der lügt doch, wenn er nur den Mund aufmacht.«

»Ja, ja«, meinte Felber zerstreut, »kümmere dich darum, gut?«

*

An Richter Hirschs überheblicher Fassade schien tatsächlich der Putz ein wenig abgebröckelt zu sein. Er schwieg zwar weiter zu den Anschuldigungen, er schwieg zu den unwiderlegbaren Beweisen, doch als Felber geendet hatte und ihn ansah, brach auf einmal diese Mauer zusammen.

»Sie werden es nicht verstehen«, fing er an. »Aber als Norbert und ich zu studieren begannen, waren wir wie Brüder. Mehr wie Brüder, man könnte sagen, wie ein Paar. Meine Liebe zu ihm war unverbrüchlich. Das war sie auch, als wir nach dem Studium eine Kanzlei eröffnen wollten, und auch, als Norbert alles hinschmiss.« Hirsch fuhr sich mit der Hand über die Augen. »Ich nahm es auch hin, als er mich nicht in sein Büro aufnehmen wollte, ich verzieh ihm, als er mich bei Holtzl ausbootete. Doch als er sich mit diesem jungen Schnösel zusammentat und hochfliegende Pläne verkündete, da zerbrach etwas in mir. Das konnte ich nicht hinnehmen. Aller Hoffnungen beraubt zu sein, das war zu viel für mich. Damit hatten die beiden ihr Todesurteil unterschrieben. Als Richter befand ich über Recht und Gerechtigkeit, doch diese Liebschaft war ungerecht, und deshalb fasste ich den Entschluss, ihnen den Weg in ein anderes Leben zu zeigen.«

Hirsch senkte seinen Blick. Seine Lebensbeichte hatte ihn offensichtlich erschöpft.

Felber schwieg erschüttert. Alfred hatte also doch recht gehabt – es war eine Beziehungstat, aber mit Hinterlist und Heimtücke geplant. Nur eines verstand er nicht.

»Wie haben Sie es geschafft, die beiden in diese Bruchbude zu locken? Zwei mit materiellen Gütern gesegnete Menschen kommen doch nicht freiwillig in so ein altes, baufälliges Haus?«

»Reminiszenz!«, sagte Hirsch, und ein leichtes Lächeln umspielte seine Lippen. »In unserer Jugend waren Norbert und ich öfter dort, machten unsere ersten Erfahrungen mit der Liebe. Da war es aber noch nicht so heruntergekommen.« Hirsch strich sich versonnen über die Augen, doch dann bekam sein Gesicht wieder einen harten Ausdruck. »Ich machte ein Versöhnungsangebot. Norbert nahm es gerne an, und ich bestand darauf, dass er seinen Liebhaber mitnahm.«

»Und weiter?«, fragte Felber, denn er konnte sich nicht vorstellen, wie zwei kräftige Männer sich von einem so zarten Menschen wie Hirsch überwältigen ließen.

»Zur Begrüßung kredenzte ich einen Drink mit Betäubungstropfen.« Hirsch lachte kurz auf. »Danach war es ein Leichtes, ihnen die Spritzen zu verabreichen.«

Perfide, dachte Felber, was Menschen alles einfällt, wenn Liebe im Spiel ist.

»Was mich noch beschäftigt«, meinte er und versuchte, professionell zu bleiben, »warum waren beide nackt, und was haben Sie mit ihrer Kleidung gemacht?«

»Altkleidercontainer!«, sagte Hirsch emotionslos. »Und was ihre Nacktheit betraf – eine Mahnung und auch eine Erinnerung. Das war doch sicher ihre bevorzugte Kleidung, wenn sie sich trafen.«

Liebe, Hass, unbändiger Zorn – man konnte fast Mitleid mit Hirsch haben.

»Das war es dann, Herr Hirsch. Das weitere Prozedere kennen Sie ja.«

Mit einem lauten Knall schlug Felber den Akt, der vor ihm lag, zu.

*

Paukerl war hocherfreut, dass der Abschluss so problemlos verlaufen war.

»Der Herr Bürgermeister, aber auch Herr Holtzl werden zufrieden sein«, rief er. »Ihr seid ja doch mein bestes Ermittlertrio, und das werde ich dem Bürgermeister noch extra unter die Nase reiben. Jetzt bleibt nur mehr die Pressekonferenz, bei der ich dich groß herausstellen werde, Günter. Übermorgen um zehn, ja?«

»Da bin ich nicht mehr da, Chef«, sagte Felber. »Ab morgen bin ich auf Urlaub. Hochzeitsreise – hast du das vergessen?«

»Oh, verdammt!« Paukerl überlegte kurz. »Na gut!« Er

seufzte auf. »Dann werde ich versuchen, die Pressefritzen schneller herzubestellen. Heute Nachmittag, ja?«

Felber schüttelte sich entschlossen. Dieser Kelch musste an ihm vorübergehen. Das brauchte er nicht.

»Keine Zeit, Chef. Es gibt noch etlichen Papierkram zu erledigen, Koffer müssen gepackt werden und so weiter und so weiter. Außerdem – du machst das viel besser als ich. Heimse du die Lorbeeren ein.«

Bei so viel Sturheit konnte Paukerl nur den Kopf schütteln.

»Wäre doch auch gut für dich. Denk an den Oberst Pelzer.«

»Ach, der findet sicher auch hier ein Haar in der Suppe. Nein, Chef, vergiss es.«

»Du bist ein Idiot, Günter, aber bitte. Dann kann ich dir und deiner Frau nur einen schönen Aufenthalt wünschen. Aber seid so gut, fallt mir beim Kraxeln nicht von einem Tiroler Berg. Ich brauch euch schließlich noch.«

Paukerl sprang auf und drückte in einem Überschwang der Gefühle Felber schulterklopfend an sich. Dem war das sichtlich unangenehm, ließ es aber mit sich geschehen. Er war ja nicht der schlechteste Chef, und Freundschaft hatte auch etwas für sich.

*

»Wo sind denn meine Bergschuhe?«

Zwei aufgeklappte Koffer lagen auf den Betten. Felber hatte seinen bereits mit Pullovern, Hemden und Hosen halb gefüllt.

Konstanze stand im Badezimmer, anscheinend unentschlossen, welche Cremes mitgenommen werden sollten.

Sie streckte ihren Kopf zur Tür heraus.

»Bist du lieb, schaust du nach, ob noch Salzgurken im Haus sind? Ich hätte gerne eine.«

Was sollte das wieder? Sie hatte doch gerade vorhin ein Stück Kuchen gegessen? Felber seufzte, aber Befehl war schließlich Befehl.

Gleich darauf öffnete sie wieder die Türe, in einer Hand die angebissene Gurke.

»Günter, mein lieber Bär, eigentlich will ich nicht in die Berge. Fahren wir lieber ans Meer. Die Palmen, der warme Sand, die unendliche Weite bis zum Horizont, wäre das nicht schön?«

»Aber wir haben doch Tirol ...« Felber war verwirrt.

Konstanze sah ihn eigentümlich an und strich sich über ihren Bauch. Das Gurkerl war bereits verschwunden.

»Lieber Mann, jetzt will ich das Meer. Sei doch einmal spontan!«

Felber wunderte sich. Wie konnte man nur einen so lange gehegten Plan aus einem Gefühl heraus einfach umstoßen?

Er räusperte sich.

»Wenn du meinst?«, sagte er. »Aber Spontanität ist etwas, das gut überlegt sein sollte.«